천마법, 부활을 하셨도다

천마님, 부활하셨도다 10

정영교 新무협 판타지 소설

초판 1쇄 찍은 날 § 2017년 10월 13일
초판 1쇄 펴낸 날 § 2017년 10월 20일

지은이 § 정영교
펴낸이 § 서경석

편집책임 § 신보라

펴낸곳 § 도서출판 청어람
등록번호 § 제387-1999-000006호
등록일자 § 1999. 5. 31
어람번호 § 제2-2725호

주소 § 경기도 부천시 부일로 483번길 40 서경B/D 3F (우) 14640
전화 § 032-656-4452 팩스 § 032-656-4453
http://www.chungeoram.com
E-mail § chungeorambook@daum.net

ⓒ 정영교, 2017

ISBN 979-11-04-91479-9 04810
ISBN 979-11-04-91193-4 (세트)

천마님,
부활
하셨도다

정영교 新무협 판타지 소설
FANTASTIC ORIENTAL HEROES

10

도서출판 청어람

62장
천마 강림下

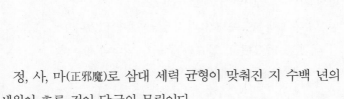

　정, 사, 마(正邪魔)로 삼대 세력 균형이 맞춰진 지 수백 년의 세월이 흐른 것이 당금의 무림이다.

　그동안 여전히 무를 갈고닦는 무인들이 끝없이 투쟁을 벌여왔지만, 세 세력의 균형으로 인한 긴 평화로 무림은 과거에 비해 현저히 실전 경험이 부족했다.

　검문은 수차례의 대전을 겪으면서 많은 변화가 있었지만, 정도가 중심이 된 중원 일통이었기에 전쟁 규모에 비해 큰 피를 보진 않았다.

　하지만 검선혈로 이뤄진 삼대 세력이 중심이 된 천 년 전에는 그야말로 하루하루가 피 말리는 투쟁과 전쟁의 연속이었다.

당시는 끝없는 투쟁으로 인해 하루 사이에 수백, 수천 명의 무림인이 죽어나가는 것이 일상이라 할 만큼 긴장으로 가득한 시기였다.

'경험이 많다고 생각했는데 다 이유가 있었군.'

이들은 백전노장답게 무공 수위를 떠나서 천마와의 겨룸에서 대응이 빨랐다.

초식 하나를 써도 확실하게 상대를 죽이기 위한 절초로 승화시킬 만큼 뛰어난 무재들이었다.

그런데 한 가지 이해가 가지 않는 것이 있었다.

"네놈들, 타락했군. 혈교의 주구가 되다니 말이야."

천마의 말에 그들의 표정이 씁쓸해졌다.

당시 모용세가의 가주이던 모용순을 비롯해 도왕 팽무청, 매화일선 태유 등은 정파인으로서 긍지를 가지고 싸운 정도의 최고수들이었다.

"우리를 모독하지 마라."

가장 호전적인 팽무청이 화가 나서 소리쳤다.

"모독이라니? 네놈, 정파 녀석들이 싫어하는 사술로 부활한 것도 모자라서 이제는 혈교를 돕는 것이 자랑스럽기라도 하나?"

혈교의 손을 빌리고 후손들의 몸을 빼앗아 현세에 부활했다는 것은 정도를 지향하는 자들로서는 수치스러운 일이었다.

고고한 검이라 불리는 모용순이 아무 대답도 하지 않는 것은 부끄러움 때문이었다.

"아무것도 모르면서 함부로 우리를 폄하하지 말았으면 하오, 천마."

매화일선 태유도 심기가 불편한지 인상을 찌푸리며 천마를 향해 검 끝을 겨냥했다.

이를 비웃기라도 하듯 천마가 혀를 차며 답했다.

"쯧, 혈교의 주구가 된 것이 부끄러운 줄은 아나 보지?"

"크윽! 천마 이놈!"

천마의 빈정거림을 참지 못한 팽무청이 다시 도를 휘두르며 전투를 재개했다.

분노했음에도 불구하고 팽무청이 펼치는 도법은 가문의 도법을 숨겼을 때와는 차원이 달랐다.

콰콰콰쾅!

팽무청이 도법을 펼칠 때마다 패도적인 도강에 주위가 초토화될 지경이다.

'내공의 제한을 풀었군.'

내공의 연원을 들키지 않기 위해 오 할 이상의 공력을 끌어

내지 않던 이들이다.

그러나 정체를 밝히고 나자 십 성으로 끌어 올려 전력으로 천마를 몰아붙이기 시작했다.

"혼자서는 상대할 수 없을 걸세."

모용순의 말에 태유도 동의하는지 고개를 끄덕였다.

이들은 천 년 전에도 천마를 상대한 전력이 있는 고수들이다.

절대로 팽무청 혼자서 천마를 감당할 수 없음을 뼈저리게 알고 있었다.

채챙!

예상대로 천마는 세 명이 동시에 합공할 때보다 수월하게 팽무청의 도를 막아냈다.

"팽 형, 함께하세!"

모용순의 신형이 번개처럼 튀어 올라 천마의 머리 위로 모용세가의 절기인 구천유수십일검(九川流水十一劍)의 제오검인 구천검파를 펼쳤다.

이에 맞춰 팽무청이 천마의 하단부로 혼원벽력도(混元霹靂刀)의 도참세를 펼쳤다.

정도의 무공 중에서 최고의 절초들이 교묘하게 맞물리며 천마를 아래위로 빈틈없이 몰아붙였다.

채채채챙!

천마가 빠르게 회전하며 현천검으로 상, 하단이 촘촘한 검망의 회오리를 만들어냈다.

별리검법의 유일한 방어 초식인 검영지망(劍影支網)의 검초였다.

'이 검법은 뭐지?'

형식을 갖추지 않은 검초를 펼치던 천마가 처음으로 절절한 검의가 담긴 별리검법의 절초를 펼치자 모용순이 의아해했다.

'천마검법이 아닌데?'

천 년 전에 천마의 무공은 쌍절이라 불리는 천마검법과 현천유장뿐이었다.

혈마가 이곳으로 그들을 보낸 이유는 천마와의 전투 경험이 있기 때문이었는데 전생에서조차 보지 못한 검법을 펼치니 당혹스러울 수밖에 없었다.

채채채채챙!

검영지망의 촘촘한 검망에 팽무청의 도와 모용순의 검이 휘말렸다.

'단순한 검망이 아니었나?'

검망에 부딪친 도결과 검결이 착(着)되어 그들의 초식이 깨짐과 동시에 신형이 흔들렸다.

그와 동시에 검이 수많은 검영을 만들어내 두 사람의 요혈을 찔러들어 왔다.

"칫!"

팽무청이 망설임 없이 도를 놓고 맨손으로 도강을 만들어 내 검영을 베어냈다.

반면 모용순은 검에 십 성 공력을 끌어 올려 검진(劍振)을 일으켜 착을 튕겨내고 보법을 펼쳐 찔러오는 검영을 피했다.

"노도도 있소, 천마!"

두 사람이 위기에 처하자 태유가 매화영롱검(梅花玲瓏劍)의 절초 중에 가장 위력적인 춘매영결을 펼치며 천마의 등 뒤를 찔러왔다.

'뒤를 노려? 흥!'

등 뒤에서 느껴지는 예기에 천마는 현천유장의 부드러운 초식으로 팽무청의 도강을 끌어당겨 이화접목의 수로 태유에게 넘겼다.

"크윽!"

"조심하게!"

채채채채챙!

덕분에 태유의 검 초식과 팽무청의 도강이 교묘하게 맞물리면서 서로의 기세를 상쇄해야 했다.

"세상에……!"

"어, 엄청난 대결이다."

지켜보는 마교인들을 비롯해 수뇌부들이 경악을 금치 못했다.

그저 심후한 내공과 고절한 초식에만 그치는 것이 아니라 이들의 대결은 한 치의 실수도 용납되지 않을 만큼 초식을 운용하는 수준이 너무 높았다.

대결을 지켜보는 교주인 천극염조차도 입을 다물지 못할 지경이었다.

'본좌가 저들과 대결한다면 과연 이길 수 있을까?'

그들의 무위는 대단하다는 것을 넘어서 전부가 무공의 종사급이었다.

얼마나 수많은 전투 경험을 가지고 있기에 저런 무위를 지니고 있는 것일까?

그러나 수십 초식을 나눈 승부도 차츰 그 끝을 향해 달려가고 있었다.

'공력이 계속 흩어진다.'

세 사람의 안색이 현저히 어두워졌다.

천마의 검게 물든 현천검에 담긴 현천강기와 맞부딪칠 때마다 그들의 공력이 흩어졌다.

세 사람이 동시에 합공을 해 그나마 버틸 수 있었지만 어느 순간부터는 강기를 쓸 수 없을 지경에 이르렀다.

'당장 승부를 내야 한다.'

공력의 유실을 막을 수가 없기에 그들이 내린 결론은 하나였다.

자신들이 가진 최대 절기로 동시에 합공하여 천마를 죽여야 했다.

'기세가 심상치 않군.'

천마 역시도 이들이 마지막 절초를 펼칠 것을 예감했다.

합공을 펼치던 세 사람이 동시에 산개하더니 모용순이 정면을, 태유가 위를 그리고 팽무청이 뒤를 점했다.

모용순이 천마의 정면으로 구천유수십일검의 마지막 절초인 구천십일검을 펼쳤다.

아홉 갈래로 갈라진 검결이 열한 번의 변화를 일으키며 천마에게 쇄도했다.

"엄청난 검초다!"

검을 다루는 무인이라면 이 초식이 얼마나 대단한 것인지 알 것이다.

그것이 끝이 아니었다.

태유 역시도 화산파의 검법 중에서 가장 패도적이라고 할 수 있는 유성추월검(流星追月劍)의 절초인 유성만추(流星萬墜)로 허공에서 천마를 짓눌렀다.

"천마 네놈이 이마저도 파훼한다면 우리의 패배를 인정하마!"

팽무청이 택한 것은 단순하면서도 가장 효과적인 일초였다.

두 사람보다 내공의 소진이 큰 그는 진원진기를 끌어 올려 온몸에 강기를 일으켰고, 하나의 도가 되어 천마를 양단할 기세로 쇄도했다.

"조, 조사 어른!"

위기에 처한 천마를 걱정한 천여휘가 소리쳤다.

이 대결을 숨죽이며 지켜보는 모든 마교인도 과연 천마가 저들의 최후 초식을 막을 수 있을지 염려가 되었다.

한 명이 펼치는 초식도 눈앞에 있는 모든 것을 파괴할 만큼 강한 위력이었다. 저 세 초식을 동시에 막지 못하면 천마라고 해도 죽음을 맞이할 것이다.

'끝이다, 천마!'

초식이 천마의 코앞에 도달하는 순간 모용순은 승리를 직감했다.

아무리 천 년 전부터 괴물이라 불린 전설의 무인인 천마라고 할지라도 정도 무학의 정수가 담긴 절초들을 동시에 막아 내는 것은 불가능했다.

그런데 그 짧은 찰나 모용순의 두 눈에 천마의 비웃음이 담긴 표정이 보였다.

"멍청한 놈들."

'응?'

"기가 흩어진다고 마지막에 와서 이런 실수를 범하다니 말이야."

탁!

그와 동시에 천마가 허공으로 뛰어오르며, 유성만추의 초식을 펼치는 태유를 향해 별리검법의 절초인 별치단장(別致斷腸)을 펼쳤다.

이별에 대한 슬픔이 담긴 절절한 검의가 뒤섞인 절초가 순식간에 태유가 펼치는 유성만추의 검강을 꿰뚫고 그의 목을 베어냈다.

촤악!

천 년 전의 수모를 되갚으려 하던 화산파의 태유는 비명조차 지르지 못하고 목이 잘려 목숨을 잃고 말았다.

"헛?"

"위! 위일세!"

그 탓에 천마의 앞뒤에서 절초를 펼치던 모용순과 팽무청이 도리어 서로가 부딪칠 위기에 처해 버렸다.

두 사람은 종사급의 고수답게 침착하게 변초를 써서 허공에 있는 천마에게로 초식을 돌렸다.

그러나.

"위에서 보니 아주 잘 보이는군. 크큭."

그들보다 위치적으로 높은 곳을 점하고 있는 천마가 더욱 유리했다.

천마는 최대 공력의 현천강기로 천마검법 최강의 절초라 할 수 있는 마지막 초식 파천멸검(破天滅劍)을 펼쳤다.

순식간에 검게 물든 검강 수십 갈래가 회오리처럼 몰아치며 그들을 내리찍었다.

촤아아아아악!

"제, 젠장!!"

위에서 내려치는 힘과 위로 뻗어 올라가는 힘이 같을 리 없었다.

더군다나 공력의 차이가 현저하다면 더더욱 그렇다.

모용순과 팽무청이 펼치는 절초들이 산산조각 나듯 파훼되며 그들의 몸에 검은 검강이 내리꽂혔다.

"크아아아악!"

"커억!"

진원진기만으로 도초를 펼치던 팽무청은 검은 검강에 휩쓸려 그 육신이 그대로 소멸되고 말았다.

보검에 강기를 실어 최후의 절초를 펼치던 모용순은 그나마 천마의 현천강기에 소멸되진 않았지만 이미 전신이 만신창이가 되어 회복 불능의 상태가 되어버렸다.

쏴아아아아아!

여전히 폭우처럼 쏟아지는 비를 맞으며 빗물 바닥에 쓰러진 모용순이 허탈한 듯 하늘로 손을 뻗었다.

　조금만 더 손을 뻗으면 닿을 것 같던 하늘에 결국 닿지 못하고 처참하게 지상으로 떨어지고 말았다.

　"쿨럭쿨럭!"

　기침을 하는 그의 입에서 선혈이 흘러내렸다.

　온몸에 검상을 입어 그가 쓰러진 바닥이 핏물로 짙게 물들었다.

　허탈해하는 모용순의 앞으로 천마가 저벅저벅 걸어왔다.

　"…마, 마지막에 와서 그대의 말대로 멍청한 짓을 했구려. 쿨럭!"

　"그걸 이제 알았냐? 멍청한 놈."

　"쿨럭쿨럭!"

　모용순은 천마가 한 말을 인정할 수밖에 없었다.

　현천강기에 공력이 흩어지는 것 때문에 조급해진 그들은 실수를 저지르고 말았다.

　그들의 마지막 절초는 살이 베이고 뼈를 취하는, 후퇴가 없는 최후의 초식들이었다.

　물러섬이 없는 절초로 합공했으니 상대가 한쪽만 파훼해도 서로 상충할 수 있는 위기에 빠질 확률이 높았다.

　"지금의 우리라면 가능할 거라 생각했소."

천마가 만약 정면이나 뒤에서 오는 공격을 먼저 막았다면 그들이 승리했을지도 모른다.

하지만 전투 경험이 풍부한 천마가 그런 실수를 범할 리가 없었다.

천마는 최후의 합공에서 가장 유리한 위치를 점할 수 있는 공중을 택했고, 그 결과는 바로 지금과 같았다.

"어째서 혈교의 개가 된 것이냐?"

"…세가… 모용세가를… 볼모로 잡고 있기에… 어쩔 수가… 없었소."

목숨이 다해가고 있는 모용순의 목소리가 차츰 약해졌다.

천마는 그런 모용순을 보고 혀를 차며 말했다.

"쯧쯧, 마지막까지 거짓말을 하는군. 정말로 놈들이 모용세가를 가만히 내버려 둘 거라 생각했다고? 어설프군."

그 말에 모용순의 죽어가는 두 동공이 파르르 떨렸다.

무림 말살을 목표로 하는 혈교에서 모용세가를 예외로 둘 리가 없었다.

죽음을 앞둔 모용순은 자신의 진의를 꿰뚫어 본 천마에게 어떠한 것도 숨길 수가 없었다.

"크흐흐흐흐, 그, 그 말이 맞소. 그저 살고 싶었… 을 뿐이오."

한 번 죽었다가 되살아난 모용순을 비롯한 무림 인사들이

다시 죽고 싶을 리 없었다.

그들은 혈교의 주구가 되어서라도 살고 싶었다.

모용순의 빛나던 붉은 안광이 엷어지며 힘겹게 말을 이었다.

"살고 싶은… 자들이… 우리뿐일… 것 같소? 천마… 그대라고 해도… 그들을 막을 수는…….."

"흥!"

콰직!

천마는 더 이상 모용순의 말을 듣지 않고 그대로 머리를 발로 짓눌러 버렸다.

다시 되살아난 정도의 영웅인 모용순은 머리가 부서져 처참한 죽음을 맞이하고 말았다.

그런 모용순의 부서진 머리통을 쳐다보며 천마가 작은 목소리로 중얼거렸다.

"어차피 전부 죽어, 새끼야."

쏴아아아아아아!

여전히 쏟아지는 폭우는 한바탕 피바람이 일어난 십만대산을 밤새 적셨다.

63장
석금명의 정체

섬서성의 남쪽에는 중원에서 가장 큰 도시 중 하나인 장안이 있다.

장안에서 북쪽으로 천팔백 리 정도를 거슬러 올라가면 미지현(米脂眩)이 있는데, 이곳은 황토 고원으로 중원인들은 섬북이라고 부르기도 했다.

몽고에 가까운 이곳 고원은 목축업이 중심이 되는 지역이었다.

미지현의 남쪽에는 가장 큰 규모의 마을인 금문현(金文縣)이 있었다.

외부인의 방문이 적은 마을에 낯선 손님이 방문했다.

금문현의 입구에 있는 작은 오풍객잔에 낯선 손님이 등장하자 모든 관심이 그에게로 향했다.

"후우."

그 낯선 손님은 죽립을 쓰고 있는 중년인으로 꽤 지쳤는지 객잔 한편의 좌석에 털썩 주저앉았다.

갑갑했는지 죽립을 벗어서 탁자 위에 올려놓았다.

죽립을 벗자 중년인의 얼굴이 드러났는데, 그는 다름 아닌 검하칠위인 퇴왕 염사곤이었다.

검황의 둘째 제자인 석금명을 추적하러 간 그가 어쩌다 이곳 섬서성 북단까지 오게 된 것일까?

"어, 어서 옵쇼."

탁!

염사곤에게서 느껴지는 무림인 특유의 묵직함에 겁을 먹은 점소이가 조심스레 그의 앞으로 찻잔을 가져다 놓았다.

목이 말랐던 염사곤은 찻잔 속 미지근한 차를 단숨에 들이켰다.

"하아! 이제 좀 살 것 같군."

꼬르르륵!

갈증을 해결하고 나니 배가 고팠다.

반역자인 석금명을 추적하는 동안 제대로 된 식사를 하지 못한 염사곤이었다.

"점소이 소형제, 국수 한 그릇 갖다 주게."

"알겠습니다!"

주문을 받은 점소이 소년이 숙수가 있는 주방으로 부리나케 달려갔다.

염사곤은 찻잔에 차를 따르면서 자신의 오른쪽 옆구리를 쓰다듬었다.

상처가 많이 아물었지만 아직까지 욱신거리는 통증이 남아 있었다.

석금명을 추적하는 과정에서 그의 검기에 당한 상처였다.

'누가 주군의 제자 아니랄까 봐 검 하나는 기가 막히게 잘 다루는군.'

상처만 아니었다면 더욱 빨리 따라잡을 수 있었으나, 체내에 스며든 검기를 제거하느라 한발 늦고 말았다.

평소의 철두철미한 석금명이었다면 자신의 흔적을 전부 제거했겠지만 검황이 추적을 보낼 수도 있다는 조급함에 도망치며 흔적을 제대로 지우지 못했다.

'급하긴 급했나 보군. 도망쳐도 이곳으로 오다니.'

석금명을 추적하면서 섬서성의 북단까지 오게 된 염사곤은 이곳 금문현에 도착하고 나서는 더욱 의아해할 수밖에 없었다.

이곳은 검하칠위 중 제사석에 해당하는 문율의 근거지였다.

문율이 이곳에서 목축업을 근간으로 자금을 확보해서 세력을 산서성 서쪽 부근까지 확충한 것으로 알고 있었다.

하필이면 도망친 곳이 검문의 산하에 있는 검하칠위의 영역이었으니 공교로운 일이었다.

'그러고 보니 문율을 북쪽에서 구출해 온 후로는 본 적이 없군.'

일 년 전 무렵, 북벌대가 몽고 초원에서 정체를 알 수 없는 무리에게 습격을 받아 전멸하는 초유의 사태가 벌어졌다.

그 당시 유일하게 습격지에서 살아남은 자가 바로 문율이었다.

그리고 염사곤은 심각한 내상을 입고 겨우 목숨을 부지하고 있던 문율을 살려냈다.

원래는 문율 역시도 염사곤처럼 무림맹에 따로 개인 숙소를 두고 활동했으나, 내상이 심했기에 요양을 위해 근거지로 돌아갔다.

'잘됐군. 식사를 마치고 문율이 쾌차했는지도 볼 겸 도움을 받으면 되겠어.'

마을의 북쪽에 문율이 기거하는 큰 장원이 있다.

이곳 섬서 북쪽 지역이 문율의 근거지인 만큼 그의 도움을 받는다면 석금명의 소재를 빠르게 파악할 수 있을 것이리라.

주문한 국수를 허겁지겁 먹고 허기를 채운 석금명은 문율의 장원으로 향했다.

"크군."

문율의 장원은 거의 마을의 삼분의 일을 차지할 만큼 그 규모와 위세가 컸다.

오직 무(武)에 대한 집념이 강한 염사곤과 달리 권력욕도 강한 문율의 성향을 보여주는 사례였다.

챙!

입구로 들어가려 하자 그곳을 지키고 있는 문지기들이 창을 교차하며 염사곤의 앞을 가로막았다.

"누구신지는 모르겠으나 장주님의 허락이 없으면 장원에 들어갈 수 없소."

문지기의 말에 염사곤이 품에서 자신의 신분을 밝히는 무림맹의 패를 꺼내 보였다.

은으로 만든 패에는 검하칠위 제칠석 염사곤이라고 새겨져 있었다.

"검하칠위?"

"염사곤 대협이시군요."

그의 정체를 알게 된 문지기들은 놀랐는지 공손하게 포권을 했다.

"이제 통과해도 되겠나?"

"죄송합니다. 저희 장원에 절차가 있어서 먼저 장주님께 아뢰겠습니다."

"흐음, 알겠네."

자신의 신분을 밝혔는데도 곧바로 장원 내로 들어갈 수 없자 약간 심기가 상한 염사곤이 인상을 찌푸렸다.

이를 눈치챈 문지기가 재빨리 장원으로 들어갔다.

얼마 있지 않아 문지기가 입구로 돌아와 말했다.

"실례가 많았습니다. 제가 장주님이 계신 본당으로 안내해 드리겠습니다."

염사곤은 문지기의 안내를 받아 장원으로 들어갔다.

'응?'

잘 가꾸어진 장원 내의 중원에는 작은 석탑과 기묘한 돌탑들이 자리하고 있었는데 그 놓인 위치가 단순히 미관을 위한 것이 아닌 듯했다.

'이상하군.'

화경의 고수인 염사곤은 기를 느끼는 데 민감했다.

그는 문지기를 따라 장원 내로 이동하며 미묘하게 기의 흐름이 달라지는 것을 느꼈다.

아무래도 이곳 장원 내에 진법을 설치해 둔 것 같았다.

"이곳입니다."

문지기를 따라서 도착한 장원 내 본당으로 들어가자 익숙한 목소리와 함께 문율이 모습을 드러냈다.

"염 공, 오랜만일세."

"문 공!"

마지막으로 봤을 때 혼수상태에 빠져 정신을 차리지 못했던 그다.

그런데 지금 보니 부상이 전부 나았는지 말끔해져 있고 목소리에는 정기가 넘쳤다.

염사곤도 그에게 가볍게 고개를 끄덕이며 말했다.

"문 공도 완전히 쾌차한 듯하구려. 이렇게 건강한 모습을 보니 좋소이다."

"모두가 자네 덕분이지 않겠나. 하하하하!"

그의 말대로 염사곤이 몽고고원에서 그를 발견하지 않았더라면 그는 먼 타지에서 객사할 운명이었을 것이다.

"자네의 운명이 강해서였네. 내가 아니었더라도 분명 살았을 걸세."

"그리 말해주니 고맙군. 하지만 받은 은혜가 있는데 어찌 가벼이 여기겠나. 거하게 대접할 테니 들어가서 한잔하세나."

문율의 환대가 감사하긴 했지만 더 급한 사안이 있는 염사곤이었다.

그가 고개를 저으며 말했다.

"호의는 감사하나 그전에 해결해야 할 일이 있네."

"해결해야 할 일?"

"그렇다네. 사실 그 때문에 문율 자네에게 도움을 청하러 온 것일세."

진중한 염사곤의 목소리에 문율이 의아한 표정을 지으며 물었다.

"뭔가 큰일이 있나 보군."

"이 공자가 검문을 배신했네."

"…이 공자가 배신을? 허어, 그럴 리가?"

문율은 믿을 수 없다는 듯이 고개를 절레절레 흔들었다.

검문 산하에 있는 검하칠위라면 누구도 이 같은 사실을 쉽게 믿을 수 없을 것이다.

"믿을 수 없겠지만 사실이네."

염사곤이 상의를 걷어 올려 오른쪽 옆구리를 보였다.

그의 옆구리에는 긴 검상의 흔적이 남아 있었는데, 이것을 검하칠위인 문율이 알아보지 못할 리가 없었다.

"유성⋯ 검법의 검흔이로군."

"이 공자가 적과 내통한다는 사실을 발견하고 그를 구금하려다가 입은 상처일세."

검황의 명으로 석금명의 일거수일투족을 감시하던 염사곤은 어느 날 밤 그가 집무실에서 정체 모를 자들과 대화를 나누고 있음을 발견했다.

그래서 수상하게 여겨 그들이 집무실을 나오길 기다렸다가 급습하려 했는데 이상하게도 만 하루가 지나도 석금명을 제외하곤 정체 모를 자들이 밖으로 모습을 드러내지 않았다.

"이를 기이하게 여겨 이 공자가 자리를 비운 사이에 집무실을 수색하려 했네."

그런데 집무실에 들어가 보니 정체 모를 위인들이 보이지 않았다.

집무실 내에는 다른 곳으로 들어가는 방문도 없었는데 증발한 듯 사라진 것이다.

"뭔가 숨겨진 문이 있을 거라 생각하고 방을 뒤져보았네. 그때……"

집무실을 조사하는 도중에 석금명이 나타난 것이다.

염사곤은 몰래 집무실을 뒤지는 것에 대해서 항의하는 석금명에게 도리어 전날 밤에 나타난 정체 모를 위인들이 누구이고 어디에 있는지를 추궁했다.

그 순간 석금명의 태도가 돌변했다.

"이 공자가 나를 공격하더군."

"그래서 어떻게 되었나?"

"이 상처가 그때의 대가이네."

기습적인 일격에 옆구리를 베였지만 명색이 퇴왕이라 불리는 그가 쉽게 당할 리 없었다.

석금명은 그를 단숨에 죽이려 들었지만 염사곤은 폭풍 같은 퇴법으로 그를 몰아쳤다.

좁은 집무실 내에서의 대결은 검객인 석금명에게 불리했고, 이를 위기로 생각한 그는 집무실 책장에 숨겨진 비밀 통로를 열어 그대로 도주를 감행했다.

"허어, 이 공자가 도망을 쳐? 주군께는 혹시 이 사실을 알렸나?"

문율이 이 사실을 묻는 이유는 아직까지 무림을 비롯한 검하칠위들에게 석금명의 배신이 알려지지 않았기 때문이다.

이에 염사곤이 고개를 저었다.

"주군께 알려드릴 틈이 없었네. 이 공자를 놓치면 안 된다는 생각에 추적부터 한 걸세."

"그래?"

사실 염사곤은 숨겨진 비밀 통로의 출구 쪽 동굴 벽에 이 사실을 새겨놓았다.

하지만 일부러 문율에게 이 사실을 알리지 않았다.

그는 문율의 장원에 들어왔을 때부터 알 수 없는 불안감에 사로잡혔다.

그래서 혹시나 하는 마음에 일부 정보를 숨긴 것이다.

"하긴 나라도 자네 같은 상황이었다면 일단 추적부터 했을 걸세."

문율이 동의한다는 듯이 말하자 염사곤의 눈빛이 흔들렸다.

아무리 바쁜 와중이라도 중요한 정보를 주군께 알리지 않았다고 했는데 동의한다는 것 자체가 의심스러운 일이었다.

'수상하다.'

다시 생각해 보니 석금명의 흔적이 이곳까지 이어진 것도 이상했다.

아무리 다급해도 검황의 손이 미치는 영향권을 벗어나야 할 텐데 하필 검하칠위의 영역에 들어왔다는 것은…….

'설마… 문율 이놈이 이 공자와 내통하고 있던 것인가?'

검하칠위 중에서도 유일하게 독자적인 세력권을 형성하지 않은 염사곤이었지만 누구보다도 심계가 깊은 인물이었다.

한때 무림맹의 군사인 석금명조차도 그의 혜안에 탄복할 정도였다.

한번 의심의 마음이 피어나니 경계심이 생기지 않을 수 없었다.

"그래, 그 부탁이라는 게 뭔가?"

문율이 질문을 하는 순간 염사곤은 머릿속이 굉장히 복잡해졌다.

순간 그에게 도움을 청하는 것이 어리석은 일이라고 판단되자 그 부탁을 바꿔야겠다고 생각했다.

"흠흠, 일단 자네에게라도 알렸으니 나는 이 공자의 추적을 계속해야겠네. 자네는 대신 주군께 이 사실을 알려줬으면 하네."

"허어, 애써 이곳까지 왔는데 고작 부탁이 그것인가? 나도 검문의 녹을 받는 사람인데 같이 도와야 하지 않겠는가?"

"아닐세. 부상에서 회복한 지 얼마 되지도 않았는데 무리를 하려 하는가."

수상한 문율의 호의에 염사곤이 손사래를 쳤다.

어떻게든 서둘러 그의 장원을 벗어나 다른 방도를 강구해야 했다.

그런데 호의적인 표정을 짓던 문율의 표정이 일순간 바뀌었다.

"굳이 멀리서 이 공자를 찾을 필요가 있겠는가?"

"뭐?"

"이 공자, 검하칠위의 염 공이 그대를 찾고 있는데 어찌해야겠소?"

문율의 의미심장한 말에 염사곤은 생각할 겨를도 없이 곧장 몸을 돌려 장원을 벗어나려 했다.

구우우우우!

"엇?"

그러나 조금 전까지만 해도 평범해 보이던 정원이 마치 거대한 미로의 형태로 바뀌는 것이 아닌가.

"지, 진법?"

혹시나 하는 의구심이 들었는데 역시 장원 내에 있는 정원은 진법이었다.

당혹스러워하는 염사곤의 뒤쪽에서 익숙한 목소리가 들려왔다.

"염 대협, 제 발로 이곳까지 오시다니 참으로 노고가 많으셨소."

본당 건물에서 걸어나오는 익숙한 목소리의 주인은 다름 아닌 검황의 이 제자이자 무림맹의 군사인 석금명이었다.

그제야 염사곤은 자신이 함정에 빠졌음을 직감했다.

"제기랄!"

석금명.

그는 검황의 둘째 제자이다.

그는 검문 산하의 충신 가문이던 일석 유심원을 제외한 나머지 검하칠위가 검황의 밑으로 들어오기 전부터 있었다.

그는 대제자인 종현과 달리 무공으로는 두각을 보이지 않았다.

그러나 그 누구도 석금명을 얕보지 못한 것은 그의 뛰어난 두뇌가 무림 역사상 처음으로 정, 사, 마를 통일하는 데 큰 기여를 했기 때문이다.

'아뿔싸!'

염사곤은 당혹감을 감추지 못했다.

이곳을 빠져나가고 싶어도 미로가 되어버린 정원에 섣불리 뛰어들 수가 없었다.

적의 아가리 속에 뛰어든 꼴이 되어버렸다.

"염 대협, 머리가 좋은 줄 알았는데 꼭 그런 것만도 아닌 모양이구려."

비꼬는 석금명의 말에 화가 났지만 자신이 어리석은 선택을 한 것은 틀림없었다.

염사곤은 머릿속이 복잡했다.

상황이 이렇게 된 이상 이들을 제압하는 것 이외에는 어떠한 방도가 없었다.

문율은 검하칠위 중에서도 사석에 해당하는 실력자이다.

그렇다고 해도 일석인 유심원이 아니면 누구에게도 지지 않을 자신이 있는 그였지만 변수는 석금명이었다.

'석금명의 무공은 절대로 내 아래가 아니다.'

공식 석상에서 자신의 무공 실력을 보인 적이 없는 석금명이지만 무림맹에서 탈출할 당시 짧은 겨룸에서도 전혀 밀리지 않았다.

마음을 다잡은 염사곤이 그들을 향해 말했다.

"…대체 언제부터 주군을 배신한 것이냐?"

염사곤의 말에 석금명은 전혀 양심의 가책을 느끼지 않는 얼굴로 태연스럽게 말했다.

"배신이라… 뭐, 표면적인 것만 본다면 그럴 수도 있겠구려."

"지금 나를 우롱하는 것이냐!"

염사곤의 목소리에 힘이 들어가자 그 기세가 심상치 않았다.

이를 본 석금명이 빙그레 웃으며 말했다.

"후후후, 우롱할 것까지야. 본인은 염 대협과 대립하고 싶은 마음이 없소."

"대립하고 싶지 않다는 자가 어째서 스승을 배신한 것이냐?"

"…그렇게 생각한다면 어쩔 수 없겠지만 본인이 하는 행동은 전부 검문을 살리기 위함이오."

알 수 없는 석금명의 말에 염사곤이 미간을 찌푸렸다.

스승을 배신하고 도망간 자의 입에서 검문을 위한다는 말이 나오니 도통 이해가 가지 않았다.

그가 조금은 흔들린다고 생각했는지 석금명이 부드럽게 말을 이어갔다.

"이해해 달라고 하지 않겠소. 만약 염 대협이 우리와 함께 하겠다고 한다면 모든 사실을 알려드리리다."

"모든 사실?"

석금명이 조금 더 앞으로 다가와 뒷짐을 지고 하늘을 응시하며 말했다.

"지금 무림에서 벌어지는 일들은 앞으로 일어날 일들에 비하면 빙산의 일각에 불과하오."

"빙산의 일각이라니? 그게 무슨 소리지?"

"북해 정벌단의 전멸, 그리고 절곡에서 본 강시들을 비롯해 갑작스러운 검하칠위들의 배신까지 염 대협의 눈으로 직접 보았을 것이오. 이것은 시작에 불과하오."

석금명의 말을 무시하기에는 염사곤 역시도 갈수록 뭔가 숨겨진 것들이 드러나고 있음을 느끼고 있었다.

"본인과 문 대협은 이를 막기 위해서 움직이는 것이오. 다른 말은 하지 않겠소. 그대 역시도 이 경계선을 밟고 있소. 우리는 염 대협이 경계선을 넘길 바라오."

진지한 석금명의 눈빛엔 어떠한 거짓도 담겨 있지 않았다.

염사곤의 눈빛이 잠시 흔들렸다.

'정말 진실일까?'

거짓으로 하는 말은 아닌 것 같지만 무림에서 손에 꼽을 만큼 천부적인 지략가인 석금명의 말을 모두 믿을 만큼 염사곤은 어리석은 사람이 아니었다.

"그렇다면 그 사실을 주군인 검황께도 알려야 하는 것 아니오?"

"흐음."

조금은 누그러진 말투였으나 실상은 검문으로 돌아갈 것을 권하는 말이었다.

설득을 하려 했는데 도리어 자신을 설득하려 드는 염사곤의 말에 석금명이 고개를 절레절레 흔들었다.

[내가 힘들 거라고 하지 않았소? 그는 검황의 절대적인 수족이오.]

문율의 전음에 석금명이 눈을 가늘게 떴다.

검하칠위 중에서도 유심원과 염사곤은 검황에 대한 맹목적인 충성심으로도 유명했다.

그런 충성심을 가진 자들을 손에 넣는 것만큼 기쁜 일은 없다.

[쓸데없는 과욕은 배가 찢어지게 마련이오. 염사곤은 절대로 우리의 장기 말이 될 수 없소. 여기서 죽여야 하오, 석 단주.]

단호한 문율의 전음에 석금명이 한숨을 내쉬더니 고개를 끄덕였다.

기다렸다는 듯이 문율의 몸에서 숨 막힐 것 같은 살기가 뿜어져 나왔다.

"…제의는 한 번뿐인가 보오."

"기회를 줬을 때 이쪽으로 왔어야지, 염사곤."

"문율, 그건 내가 네놈들에게 하고 싶은 말이다."

염사곤이 내공을 끌어 올리자 주위의 공기가 무거워지기 시작했다.

위기에 처했다고는 하나 그는 당금 무림에서 열 손가락 안에 드는 고수이자 무림에서 퇴법으로 유일하게 화경의 경지에 오른 절대 고수였다.

'기세가 전과는 다르군.'

문율의 눈이 이채를 띠었다.

마지막으로 그와 직접 손을 겨룬 것은 검하칠위 간의 서열을 정할 때였다.

그 당시 염사곤은 퇴법으로 명성을 떨치기는 했으나, 다른 검하칠위에 비한다면 애송이에 불과했다.

'그 애송이가 화경의 극에 이르다니……'

불과 십 년 사이에 이 정도로 무위가 진보했을 줄은 몰랐다.

그도 그럴 것이 삼대 세력 통합을 이룬 후로 각자의 세력을 넓히기에만 급급하던 검하칠위와 달리 끊임없이 실전을 겪은 염사곤이다.

더구나 근래에 들어선 목숨의 위기도 몇 번 겪다 보니 그 무공이 훨씬 진일보할 수밖에 없었다.

"지금 다시 서열 다툼을 한다면 순번이 달라졌을 수도 있겠군."

"네놈이 칠석이 되겠지."

그 말과 함께 염사곤의 신형이 튀어 올라 문율을 향해 폭풍과도 같은 퇴법을 날렸다.

염사곤의 속사포와 같은 발이 수십 개의 그림자를 만들어 내며 문율을 뒤덮었다.

파파파파팍!

문율이 허리춤에 꽂고 있던 섭선을 회전시키며 퇴법을 막아 냈다.

폭풍처럼 몰아치는 퇴법은 예전에 그가 겪은 것과는 차원이 달랐다.

"웅?"

파파팍!

순식간에 전부 막았다고 생각한 염사곤의 퇴법이 기이한 각도로 꺾어 들어와 문율의 오른쪽 어깨와 가슴 부위를 강타했다.

"크헉!"

콰쾅!

문율의 신형이 튕겨 나가 본당 건물의 마루를 부수고 말았다.

그것이 끝이 아니었다.

'이 공자가 끼어들기 전에 빨리 없애야 한다.'

염사곤은 승기를 잡았을 때 숨통을 끊으려는 심산으로 곧바로 퇴강을 일으켜 문율을 향해 날아가 내려찍으려 했다.

"그리 내버려 둘 것 같소?"

슉!

"칫!"

그러나 그것은 석금명이 끼어들면서 실패하고 말았다.

석금명의 날카로운 검이 염사곤의 옆구리를 찌르고 들어오는 바람에 몸을 뒤틀면서 퇴강이 애꿎은 본당 건물을 파괴하고 말았다.

쿠르르르!

"헛?"

무너져 내리는 본당 건물의 천장을 보며 놀란 문율이 마루에서 튀어 올라 그곳을 빠져나왔다.

석금명과 염사곤은 격렬하게 대결을 펼치고 있었다.

염사곤의 퇴강이 실린 폭풍 같은 퇴법이 석금명의 검초를 뚫으려 했지만 쉽지 않았다.

어느 정도 실력을 짐작했지만 석금명의 검술 실력은 대제자인 종현에 버금갈 정도로 정교했다.

'내 옆구리를 벤 것은 우연이 아니구나.'

방심한 탓도 있다고 여겼지만 확실히 검하칠위 중에서도 상위 서열이 아니면 상대하기 힘들 만큼 석금명은 강했다.

살아서 나갈 수 있을까 확신이 가지 않을 만큼 위기였다.

"이제 끝이닷!"

촥!

그때 날카로운 예기가 느껴지며 염사곤의 뒤에서 강렬한 기세의 도강이 날아왔다.

염사곤은 생각할 겨를도 없이 몸을 숙이고 바닥을 뒹굴어 도강을 피해냈다.

"핫! 명색이 퇴왕이 바닥을 굴러?"

문율이 그를 자극했다.

무림인의 자존심에 뇌려타곤의 수는 쓰지 않는데 화경의 고수 두 명을 상대하다 보니 수단을 가릴 상황이 아니었다.

"네놈, 그 도강은?"

염사곤이 문율의 양손에 맺힌 도강을 보며 인상을 찌푸렸다.

분명 그가 알기로 문율은 다양한 병장기를 쓰는 고수였지만 주로 섭선과 권법을 사용하는 고수로 이름을 날렸다.

그런 문율의 손에 맺힌 도강은 그가 그동안 자신의 진정한 무공을 숨겼다는 것을 의미했다.

"하압!"

문율의 신형이 번개처럼 튀어 올라 염사곤을 향해 양손을 활짝 벌리더니 도법을 펼쳤다.

그 모습은 마치 매가 사냥감을 낚아채는 모습과도 같았다.

염사곤이 허공을 향해 퇴법을 펼치며 이를 막아냈지만 도초의 기세가 워낙 강해 복부 쪽을 베이고 말았다.

촤악!

"크윽!"

보법으로 신형을 뒤로 옮기지 않았다면 그대로 복부째 반 토막이 날 뻔했다.

한 초식만으로도 문율이 펼치는 도초가 극악의 살초라는 것을 파악했다.

'양손으로 펼치는 흉악한 도법, 분명 들어본 적이 있는데…….'

워낙 오래전 일이어서 정확하게 기억은 나지 않았지만, 양손으로 도법을 펼치는 고수에 대해서 들어본 바가 있었다.

손끝에 묻은 피를 혀로 날름거리며 핥는 문율의 얼굴은 흉신과도 같았다.

도초를 펼친 후로는 고절한 고수와도 같은 평소의 모습은 사라지고 광기에 가까운 살의만을 내뿜고 있었다.

"이로써 정말로 살려둘 가치가 없어졌군, 염사곤. 내 도법을 보았으니."

"잠깐."

싸움을 재개하려는 문율을 석금명이 제지했다.

광기에 차 있는 문율이었지만 석금명의 눈치를 보는지 그 기세가 가라앉았다.

"자네의 도는 아직 여기서 보일 용도가 아니네. 내가 하도록 하지."

"…좋을 대로 하시구려, 석 단주."

'석 단주?'

무심결에 흘린 문율의 말에 염사곤의 눈빛이 반짝였다.

검하칠위는 검문 산하에 포함되어 있기 때문에 검황의 제자들은 공자와 아가씨 등의 호칭으로 불린다.

그런데 단주라 칭했다는 것은 석금명이 어떠한 단체에서 단주직을 맡고 있음을 의미했다.

'이 공자와 문율 놈이 어떠한 단체에 속해 있구나.'

다른 사람도 아니고 무림 일통을 달성하다시피 한 검문의 이 제자이자 무림맹의 군사를 섭외할 단체가 대체 어디란 말인가?

흠칫!

그가 이러한 추론을 하고 있는 사이 석금명의 검에서 흑색 아지랑이가 피어올랐다.

"아?"

석금명의 검에서 피어오르는 아지랑이를 보는 순간 염사곤의 눈이 심하게 흔들렸다.

자신의 감각이 잘못된 것이 아니라면 이것은 분명 마기(魔氣)였다.

"이, 이 공자? 지금 이 기운은……?"

"아아, 그대가 잘못 본 것이 아니니 걱정 마시오."

그 말과 함께 석금명의 검이 번개처럼 염사곤의 요혈로 찔러들어 왔다.

그의 검에서 피어오른 마기에 당황한 염사곤이었지만, 절묘한 보법으로 이를 피해내며 퇴법으로 검초를 견제했다.

"이 공자, 대체 언제부터 마공을 익힌 것이오?"

검초를 막으며 염사곤이 분노에 찬 목소리로 다그쳤다.

검문은 정도를 지향하는 문파이자 그 무공인 선천공은 선기(仙氣)를 쌓는다.

정상적으로 선천공을 갈고닦은 이라면 절대로 마기를 지닐 수 없는데 지금 석금명이 펼치는 검법은 짙은 어둠이 느껴질 만큼 강렬한 마기를 머금고 있었다.

"검황께서 보시면 탄식하실 노릇이오!"

그런 염사곤의 다그침에도 석금명의 검은 전혀 흔들림이 없었다.

도리어 기존의 유성검법에서 볼 수 없는 살초로 순식간에 그의 퇴법을 파훼하고 그의 목에 검을 겨눴다.

"이, 이게 유성검법이라니?"

선천공을 기반으로 한 유성검법에는 필살의 살초가 존재하지 않았다.

그러나 석금명이 펼친 유성검법은 철저하게 상대를 죽이기 위한 살초나 다름없었다.

당혹스러워하는 염사곤을 바라보며 석금명이 입꼬리를 올리며 말했다.

"크크큭, 염 대협, 이왕 이렇게 된 것, 죽기 전에 알려드리리다. 나는 애초부터 검황 그 늙은이의 제자가 아니라오."

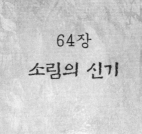

64장

소림의 신기

마기를 머금은 살초의 유성검법을 쓰는 석금명, 그리고 흉악한 양손 도법을 쓰는 문율은 더 이상 십 몇 년 동안 염사곤이 알고 있던 그들이 아니었다.

　　그 오랜 세월 동안 이 같은 사실을 숨겨왔다는 것이 믿어지지 않았다.

　　"애초부터 주군의 제자가 아니라니, 그게 무슨 소리요?"

　　목에 검이 겨눠져 있음에도 불구하고 염사곤의 목소리에는 더욱 힘이 들어갔다.

　　죽음에 대한 공포보다도 믿고 있던 이들에 대한 배신감이 더 컸기 때문이다.

"사실인 것을 어찌하겠소."

"주군께서 아신다면 그대들을 가만두지 않을 것이오."

"검황?"

비록 내부적으로 뒤통수를 맞았지만 검황이라는 이름의 무게는 결코 가볍지 않았다.

검황은 검선의 재래라고 불릴 만큼 검과 무(武)에 있어서 타의 추종을 불허하는 존재였다.

"그래, 그 늙은이가 무섭긴 하지."

문율도 인정하는 듯 고개를 끄덕였다.

처음 검황을 만났을 때 그는 원래의 무공으로 승부를 겨루었고, 고작 십 초식 만에 패배를 당했기 때문이다.

정도를 지향하는 검황은 그의 흉악한 도법이 언젠가 살성으로 성장해 갈 것을 우려해 이를 금하고 자신의 수하로 받아들였다.

"마지막으로 묻겠네. 우리와 함께하겠나?"

꾸욱!

석금명이 마지막 제안과 함께 그의 목을 겨눈 검 끝에 힘을 주었다.

거절한다면 단번에 목을 뚫을 참이었다.

"배신자들과 같이하는 길은 결국 파국뿐이다. 죽여라."

'지조가 있군.'

그의 이런 지조 있는 모습이 더욱 마음에 들었지만 더 이상 끌어들일 방도가 없었다.

석금명이 고개를 절레절레 흔들며 말했다.

"더 이상의 대화는 무의미하지 않겠소? 염 대협, 아니, 염사곤, 먼 훗날 저승에서 보도록……."

그 순간.

쾅!

굉음과 함께 폭발이 일어나며 미로같이 바뀌어 있던 정원이 쑥대밭이 되었다.

갑작스러운 폭발에 석금명의 신경이 분산되자 그 틈을 놓치지 않고 염사곤이 번개 같은 발차기로 그의 검을 차내 신형을 벌렸다.

"이게 대체 무슨?"

아무래도 바깥에서 강제로 폭약을 터뜨려 진법을 부숴 버린 듯했다.

폭발로 인해 진법이 파훼되면서 미로처럼 변한 정원이 원래대로 돌아왔다.

"이쪽이다!"

"와아아아아!"

함성 소리와 함께 수많은 무사들이 문율의 장원으로 들이

닥쳤다.

무사들의 복장은 검문의 정예들이 입는 것으로 그들은 검황이 보낸 추격대였다.

"적들을 막아라!"

문율의 장원에 있는 무사들과 검문의 정예 무사들이 부딪치면서 큰 싸움이 벌어졌다.

'주군께서 추격대를 보냈구나!'

그가 동굴 벽에 적어놓은 글을 발견한 듯했다.

뜻밖의 추격대의 등장으로 목숨을 부지하게 된 염사곤이다.

'이 틈에 도망쳐야겠다!'

진법이 해제되면서 장원을 나갈 수 있게 되었으니 망설일 이유가 없었다.

염사곤은 내상을 입은 마당에 화경의 고수들과 대립하는 것보다 맹으로 돌아가 검황에게 이들의 배신을 보고해야겠다고 판단했다.

슉!

염사곤은 부리나케 경공을 펼쳐 장원을 빠져나갔다.

퇴왕이라는 별호와 더불어 풍신이라는 별호를 지닌 그의 신형이 순식간에 점이 되어 사라졌다.

갑작스러운 난입으로 염사곤을 어이없이 놓치게 되자 석금명이 인상을 찌푸렸다.

"공교롭게 되었군."

"염사곤 이놈이 검황에게 알리지 않았다고 하더니, 하! 거짓말을 했군. 전부 죽여야겠소, 석 단주."

염사곤을 놓친 마당에 후환을 남겨서 좋을 것이 없다고 생각한 문율이다.

그러나 석금명의 생각은 달랐다.

"아닐세. 그랬다간 원래의 계획에 차질이 빚어지네."

이들을 죽이게 된다면 검황이 크게 분노할 것이 틀림없었다.

아직 검황의 시선이 사파 연맹에서 벗어나는 것을 원하지 않는 그들이었다.

"알겠소!"

석금명의 의견이 옳다는 것을 알기에 문율은 싸움이 더욱 커지기 전에 자신의 무사들을 지휘해 서둘러 퇴각했다.

검문의 정예 무사들은 퇴각하는 그들을 추격하려 했지만 문율의 도에 다섯이 목숨을 잃자 어찌할 도리가 없다는 것을 깨닫고 그것을 중지했다.

석금명의 예상대로 이 사실은 얼마 있지 않아 검황에게 전달되었지만, 사파 연맹과의 전쟁을 앞두고 있었기에 당장의 후속 조치는 없었다.

*　　　　*　　　　*

십만대산의 마교.

수천에 이르는 강시들의 습격으로 한바탕 난리를 겪은 마교는 그 여파를 수습하느라 분주하게 돌아가고 있었다.

당장 수많은 부상자들을 비롯해 수백 명의 사망자 시신을 수습하고 부서진 서문과 성벽, 감시탑의 재복구 등 여러 문제가 산재했다.

물론 안 좋은 소식만 있는 것은 아니었다.

아직 완치되진 않았지만 호전된 수뇌부들이 일선에 복귀하면서 그동안 부재로 인해 미뤄진 일들이 진행되어 마교의 체계가 정상적으로 돌아왔다.

신축된 마교의 대전 내에서는 한창 바쁘게 회의가 진행되고 있었다.

현화단주 매선화가 보고했다.

"안휘, 강서, 호남 쪽에 정보망을 다시 활성화하기 위해 마교 지부의 재건에 들어갔습니다."

혈교의 천라지망으로 인해 세 성에 있는 마교의 지부들이 전멸했다.

전쟁에선 정보가 중요하기 때문에 매선화는 곧바로 정보망을 재구축하는 일에 착수했다.

"고생했네. 그런데 뭔가 방비가 필요하지 않겠나?"

동시에 세 성에 있는 지부들이 전멸하고 말았다.

혈교의 전력이 대단하다고 할 수도 있겠지만, 그만큼 마교의 지부나 정보망이 취약해졌음을 의미하기도 했다.

"그렇지 않아도 본 교의 지부들이 이미 적들에게 너무 많이 노출되었기에 현화단 외에도 다양한 방법으로 숨겨진 점조직 운영을 재가해 줄 것을 교주님께 요청 드리려 했습니다."

이미 그 취약점을 바탕으로 대책안을 준비한 매선화였다.

교주 천극염이 흡족한 얼굴로 고개를 끄덕이며 답했다.

"좋은 방법이로군. 재가하네. 장로들도 동의하나?"

"저희도 교주님의 의견에 동의합니다."

정보에 관련된 것은 천극염이 현화단과 그 단주인 매선화에게 전적으로 일임했기에 장로들이 반대할 이유가 없었다.

사실 그들이 더욱 심각하게 여기는 안건은 다른 데 있었다.

지금까지는 수뇌부들이 부재하면서 미뤄진 것들과 벌어진 일들을 수습하는 일련의 과정이었다면 이제부터의 회의 안건은 혈교에 관련된 것들이었다.

"자, 그럼 웬만한 내부 안건들은 해결했고… 이제 본론으로 들어가겠네."

모두가 기다렸다는 듯이 대전 내의 분위기가 고조됐다.

이번 강시 사태를 겪으면서 현 상황에서 가장 위험하면서 최악의 적이 될 배후는 검문도, 사파도 아닌 혈교라는 것을 모두가 인식했다.

"음?"

천극염이 주위를 둘러보았다.

혈교에 관련된 회의에서 가장 중요한 한 사람의 모습이 보이지 않았다.

그는 바로 천마였다.

마침 그를 데리러 갔던 좌호법이 대전 안으로 들어오고 있었다. 한데 그의 곁에 천마의 모습이 보이지 않았다.

"좌호법, 조사 어른은?"

"그, 그게 조사님을 모시러 갔는데 성진경 대협과 출타 중이라고 들었습니다."

좌호법의 말에 교주 천극염이 난처한 표정을 지었다.

다른 정무에는 전부 손을 뗐지만 혈교에 관련된 안건에 관해서는 직접 주관하겠다고 공표한 천마가 정작 자리를 비웠으니 말이다.

한편, 마교 성에서 얼마 떨어지지 않은 십만대산의 한 산봉우리.

가파른 산봉우리는 약초꾼이나 나무꾼마저도 쉽게 오르기

힘들 만큼 산세가 험했다.

산봉우리는 위로 올라갈수록 발 디딜 곳이 적었는데, 작은 나뭇가지 하나를 발판 삼아 가볍게 오르는 이들이 있었다.

탁탁!

앞서 산봉우리를 오르는 이는 동검귀 성진경이었다.

그는 뛰어난 검술 실력만큼이나 그 경공 실력이 뛰어났기에 산을 오름에 있어서 거침이 없었다.

힐끗!

산봉우리를 오르는 동시에 성진경이 힐끗거리며 천마를 훔쳐보았다.

천마는 그의 뒤를 따라 산을 오르고 있었는데 단순히 나뭇가지뿐만이 아니라 성진경이 밟으면서 떨어뜨린 돌조각들을 디디면서 경공을 펼치고 있었다.

그 모습에 성진경은 내심 실망할 수밖에 없었다.

'그래도 경공은 본인이 위일 줄 알았는데…….'

곡산검공의 기본은 발에서 나오는 탄력에서 기인하기에 그 보법이나 경공이 뛰어난데 천마는 모든 면에서 그를 상회하고 있었다.

이윽고 그들은 산봉우리의 꼭대기에 도착했다.

"여기가 확실하나?"

천마의 질문에 성진경이 고개를 끄덕이며 산봉우리를 살피더니 북쪽의 한 지점으로 걸어갔다.

그러고는 땅바닥에 손을 갖다 대고 내공을 끌어 올려 뭔가를 위로 당기는 시늉을 했다.

콰르르르!

그 순간 산봉우리 안에 묻혀 있던 철갑이 흙더미를 뚫고 올라와 그 모습을 드러냈다.

철갑의 후면 아래쪽에는 작은 글씨로 소림(少林)이라고 음각되어 있었다.

이를 바라본 천마의 눈이 이채를 띠었다.

'철갑에서 어떠한 기운도 느껴지지가 않는군.'

사실 성진경이 자리를 비운 사이 천마는 그가 숨겨놓은 소림의 보물이자 방장의 상징인 녹옥불장을 찾아보려 했으나 어떠한 기운도 감지할 수가 없어서 포기했다.

그런데 땅에 묻혀 있는 철갑을 보니 그 이유를 알 것 같았다.

'이 철갑이 녹옥불장의 기운을 차단시켰군.'

평범해 보이는 철갑에서는 작지만 묘한 현기가 피어오르고 있었다.

그 현기에서 정순한 불심이 느껴졌다.

"열겠소."

사르르르르!

"호오!"

성진경이 철갑을 열자 그 안에서 녹색 빛이 새어 나오며 중후한 불도의 기운이 산봉우리 위로 퍼져 나왔다.

열린 철갑 안에서 소림의 보물이자 사악한 기운이나 마기를 감지하고 정화시키는 신기인 녹옥불장이 그 자태를 드러냈다.

드르르르르!

"응?"

그런데 철갑을 여는 순간 얌전하던 녹옥불장이 심하게 떨렸다.

알 수 없는 현상에 성진경이 당황해하며 철갑을 닫으려고 했다.

"아니, 괜찮다. 당연한 현상이니까."

정도의 성지이면서 소림이 자리한 숭산과 달리 마도의 성지라 불리는 십만대산에 있으니 신기 녹옥불장이 수많은 마기를 감지하고 반응하는 것이었다.

그런데 여기에서 천마도 예상하지 못한 일이 일어났다.

탁!

"엇? 부, 불장이 저절로?"

성진경의 두 눈이 커졌다.

철갑 안에서 떨리던 녹옥불장이 갑자기 저절로 그 몸을 일으켜 세우는 것이 아닌가.

녹옥으로 만들어진 지팡이가 꼿꼿이 서더니 공중으로 떠올랐다.

그와 동시에 녹옥불장에서 퍼져 나오던 불도의 기운이 폭발적으로 상승해 이내 놀라운 기세로 천마를 향해 쇄도해 왔다.

"칫! 누가 신기 아니랄까 봐."

천마는 이에 당황해하지 않고 부드러운 현천유장으로 녹옥불장의 기세를 감싸 주변으로 분산시킨 뒤 녹옥불장을 움켜쥐었다.

치이이이이!

"크읍!"

천마의 손이 타들어 가는 소리와 함께 붉게 달아올랐다.

불도의 신기답게 녹옥불장은 스스로 일어나 마도의 종주인 천마의 마기를 없애기 위해 움직인 것이었다.

"빌어먹을 게 짜증나게 하는군."

혈교의 흔적을 찾는 데 이용하려던 신기가 자신을 공격해 오자 노기가 치솟은 천마의 눈빛이 싸늘하게 굳었다

중원무림 정도의 구심점이라 불리는 구파일방(九派一幫) 중 일곱 문파는 도가의 선도를 지향한다.

이것은 도가의 사상이 중원의 민중에게 얼마나 많은 영향을 미쳤는지를 알 수 있는 세태이기도 하다.

그러나 도가가 성행했다고 해서 불가, 혹은 불도를 무시할 수는 없었다.

구파일방 중에 소림사와 아미파는 불도의 문파로서 그 중심을 지켜왔다.

그렇게 오랜 세월 소림사는 불도의 중심지이자 무도의 본산지로 내려오면서 숭산은 정도의 성지가 되었다.

치치치치칙!

정순하면서도 깊은 불도의 기운이 녹옥불장에서 뿜어져 나왔다.

쥐고 있는 천마의 손이 붉게 달아올랐다.

예상과는 비교도 안 되는 순도 높은 불도의 정순한 기운이 파고들어 천마의 마기를 소멸시키려 들었다.

"크윽!"

마도의 정점이라 불리는 천마는 평소 마기를 갈무리하기 때문에 어떠한 고수도 그 기운을 감지하기 어렵다.

그러나 당시에도 이질적인 기운을 감지하던 녹옥불장은 천년이라는 세월 동안 단순한 법구를 넘어서 정말로 신기에 가까워졌다.

이대로 있으면 녹옥불장에서 나오는 불도의 기운이 악영향을 끼칠지도 몰랐다.

"진짜 짜증나게 하는군."

쏴아아아아!

노기가 치솟은 천마의 몸에서 순도 높은 마기가 치솟았다.

천마의 전신에서 흑색 아지랑이가 피어오르자 마치 산 전체가 흔들리는 듯한 착각마저 들었다.

'대체 어쩔 작정으로……?'

이를 지켜보고 있는 동검귀 성진경은 불안한 마음이 들었다.

천마의 몸에서 뿜어져 나오는 마기의 기세가 마치 녹옥불장을 눌러서 이길 작정을 한 것처럼 보였다.

파르르르르!

순도 높은 마기의 기세가 오르면 오를수록 녹옥불장의 떨림이 강해지며 더욱 정순한 불도의 기운을 뿜어냈다.

치이이이이익!

천마의 손이 붉게 달아오르다 못해 이제는 뿌연 연기가 피어올랐다.

마냥 지켜보던 성진경이 결국 그를 만류하기 위해 소리쳤다.

"주군, 멈추십시오! 녹옥불장을 그만 자극해야 할 것 같습니다!"

그런 성진경의 외침에도 천마는 다른 손으로 괜찮다는 시늉을 하며 그를 멀리 떨어지게 했다.

성진경의 머릿속에 얼마 전 숭산 소림사에서의 기억이 스쳐 지나갔다.

당시 백팔나한진과 겨루었고, 소림의 방장인 원각 대사가 한 말이 기억났다.

[약조한 대로 빌려는 드리리다. 하나 시주께서는 머지않아 직접 본사의 보물을 가지고 올 것이오.]

[그게 무슨 뜻입니까?]

[보물을 들고 간다고 해도 쓸 수 없다면 무용지물에 불과하다네, 시주.]

그때는 그 말의 의미를 알 수가 없었다.

어차피 녹옥불장이 무구로 쓰이는 것도 아니고 혈교의 무리를 찾는 데만 쓰일 목적이라 성진경은 원각 대사의 말에 크게 개의치 않았다.

'이런 의미였나?'

마도의 종주인 천마가 불도의 신기인 녹옥불장을 쓰는 것은 말 그대로 불가능에 가까운 일이었다.

더군다나 이 정도로 자아가 강한 신기라면 더더욱 무리였다.

이대로 가다간 천마가 다치거나 녹옥불장이 부서질 것 같았다.

'안 되겠다. 주군에게서 저 물건을 떨어뜨려야… 아!'

고오오오!

천마의 몸에서 뿜어져 나오는 마기는 어느새 어두운 빛으로 변화하였고, 녹옥불장의 불도의 기운은 황금빛으로 물들어 대립했다.

성진경의 눈빛에 경악이 서렸다.

'대체 이게 무슨 현상이란 말인가?'

완전히 상극에 가까운 두 기운이 어느 샌가부터 부딪치지 않고 마치 조화를 이루듯이 어우러지는 것이 아닌가.

옛 선인이 이르길 극에 이른 마도와 불도는 그 경계의 면이 불분명하다고 하였다.

조화를 이룬 두 기운은 신비롭기까지 했다.

음양의 조화가 이뤄지는 것처럼 불도와 마도의 기운이 어우러지며 서로를 해하지 않고 상생의 묘를 보여주었다.

"이제야 됐군."

천마의 입가에 미소가 감돌았다.

더 이상 녹옥불장이 떨리지 않자 천마는 전신에서 뿜어대던 마기를 갈무리하였다.

불도와 마도의 전쟁을 보는 것만 같던 봉우리 위가 다시 고요함을 되찾았다.

"이게 어찌 된 일입니까?"

영문을 모르기에 성진경이 물었다.

그러자 천마가 녹옥불장을 들어 보이며 답했다.

"이 녀석을 길들여야 했으니까."

"소림의 신기를 길들였다는 말입니까?"

천마의 터무니없는 자신감을 성진경은 이해할 수 없었다.

불도의 정점이라 불리는 소림의 신기 녹옥불장을 마기를 가진 천마가 무슨 수로 굴복시킨단 말인가?

방금 전까지 벌어진 일들을 떠올리자면 그저 헛소리만은 아니었다.

"엄밀히 얘기하면 녹옥불장의 불심(佛心)이 나의 순수한 마기를 있는 그대로 받아들이게 만든 것이지."

"네?"

아무리 무공이 높은 성진경이라고 하나 선도와 마도, 불도에는 문외한이나 마찬가지였다.

천마는 정말 영문을 모르겠다는 표정으로 바라보는 성진경에게 뭐라고 설명해야 할까 고민하다 예를 하나 들었다.

"화(火)와 상극이 무엇이지?"

"수(水)가 아닙니까?"

"그 둘이 무조건적인 상극이라고 생각하나?"

"불을 끌 수 있는 것이 물 아닙니까?"

성진경의 말에 천마가 고개를 절레절레 흔들었다.

"오행에서 완전한 상극은 존재하지 않는다. 서로 긴밀히 연관을 맺는 것이지. 불이 물을 뜨겁게 할 수도 있고, 불에 물을 붓는다고 해서 전부 꺼지는 것이 아니라 불길이 더 치솟는 것처럼 상생 관계이지."

원론적인 이야기에 성진경이 동의하는지 고개를 끄덕였다.

생각해 보니 오행을 비롯해 성질을 띠는 기(氣)에 있어서 완전한 상극은 찾기 힘들었다. 정말로 완전한 상극이라면 서로 상쇄되어서 소멸이 일어날 것이다.

"흔히 사람들은 정도는 옳고 마도는 그르다고 생각할 수도 있지만 그것에는 옳고 그름의 개념이 없지. 마찬가지로 동전의 양면처럼 순수한 불도와 순수한 마도는 오히려 닮았고 그 경계의 면이 지극히 얇지."

진경은 천마가 설명을 해나가자 표정이 묘하게 바뀌어갔다.

왜냐하면 천마가 하는 말은 어찌 본다면 대연경의 경지나 우화등선의 깨달음과도 연결되어 있는 실마리였기 때문이다.

"나의 마기는 순도가 높기 때문에 악하다는 개념이 아니다. 오히려 심연에 가까운 어둠이지. 그렇기 때문에 녹옥불장이 그것을 인정하게 만드는 과정이 필요했다."

천마가 원영신을 개방하여 불도와 같은 선상에 가까운 선기를 끌어낸다면 녹옥불장은 그 떨림을 멈출 것이다.

하지만 천마의 근본은 마도이면서 마기였기 때문에 항상 선기를 유지할 수 없었다.

그렇기에 천마가 택한 방법은 순도 높은 마기를 통해서 신기인 녹옥불장이 지닌 불심의 경각심을 잠재우는 것이었다.

"결국 이 방법이 성공해… 음?"

어느새 천마의 말이 끝나기도 전에 성진경은 눈을 감은 채 가부좌를 틀고 있었다.

천마의 눈이 이채를 띠었다.

성진경의 몸에서 느껴지는 은은한 오색 빛은 그가 새로운 깨달음을 얻었다는 반증이었다.

"하아, 남 좋은 일만 시켰군."

단순히 높은 이치를 말한다고 해서 갑작스럽게 깨달음을 얻을 수 있는 것이 아니고 그만큼 오성이 뛰어나야 가능한 일이었다.

천마는 성진경이 깨달음을 완전히 얻을 때까지 호법을 서 주었다.

성진경이 깨달음을 완전히 습득하고 정신을 되찾았을 때는 다 늦은 저녁 무렵이었다.

'아, 호법을 서주시다니……'

정신을 차린 성진경은 내심 호법을 서준 천마에게 깊은 고마움을 느꼈다.

고국의 스승님 이래로 자신에게 깨달음을 주고 이렇게 호법까지 서준 사람은 천마가 처음이었다.

"흠, 제법 쓸 만해졌군."

천마가 성진경에게서 느껴지는 범상치 않은 기운을 보며 평했다.

원래의 그는 현경의 완숙된 경지에 이르렀으나 지금은 그 극에 이른 듯했다.

천마가 본 오황 중에서 현경의 극에 이른 유일한 무자가 서독황 구양경임을 감안한다면 그야말로 장족의 발전을 이룬 셈이다.

'이젠 웬만한 놈들에게 밀리진 않겠군.'

이 정도라면 혈마 본인을 제외하고서 동검귀 성진경을 제압하려면 아무리 혈교라도 쉽지 않을 것이다.

녹옥불장도 찾았고 성진경의 무공이 진일보했으니 혈교와의 싸움에 큰 도움이 되리라 생각한 천마는 만족스럽게 마교로 돌아왔다.

그런데 마교로 돌아온 천마는 생각지도 못한 소식을 들었다.

대전의 분위기가 심상치 않았다.

"무슨 일이지?"

천마의 질문에 답한 것은 현화단주인 매선화였다.

"조사님, 사태가 달라졌습니다."

"사태?"

"사파 연맹이 무림맹과의 전쟁에서 이겼습니다."

"뭐?"

천마의 눈썹이 꿈틀거렸다.

전혀 예상과는 다른 결과였다.

금용대만이 참전한 첫 충돌과는 다르게 구파일방을 비롯한 현존하는 정파의 중소 문파들이 대거 참전한 전쟁이었기에 모든 무림인은 이번만큼은 무림맹의 승리를 점쳤다.

"사파 연맹이 이겨?"

"고작 이틀 만에 무림맹의 선발 정벌대가 전멸했다고 합니다. 너무 빨리 전멸해서 후발대가 전부 후퇴했다고 합니다."

"무림맹 측 선발대의 인원은?"

"대략 이만 명입니다. 참고로 후발대는 만 명입니다."

매선화의 말에 다른 수뇌부의 입에서 탄성이 흘러나왔다.

현 마교의 전력이 만 오천 명 정도임을 감안한다면 거의 두 배에 달하는 전력이다.

이런 엄청난 전력을 상대로 지난번 대전에서의 패배로 전력의 대다수를 잃은 사파 연맹이 승리를 거뒀다는 것은 그야말로 기적이나 다름없었다.

"…전쟁에 다른 세력이 난입한 흔적은 없나?"

"전혀… 없습니다. 세작들에 의하면 사파 연맹과 무림맹의 전쟁 도중에 제삼 세력의 난입은 없었다고 합니다."

기적이나 다름없는 전쟁 결과에 천마는 이해할 수 없다는 듯이 고개를 흔들었다.

그가 예측한 것은 정사의 전쟁을 치르면서 두 세력이 결착을 할 무렵 혈교가 중도 개입해서 두 세력을 치는 것이었다. 한데 전혀 다른 방향의 결과가 일어나고 말았다.

더군다나 전쟁이 벌어진 기간도 짧았다.

"…기간이 너무 짧군."

공성과 수성전의 형태를 띠고 있는 전쟁이기에 상당히 장기화될 거라 예상했다.

고작 이틀 만에 전쟁에 승리했다는 것은 사파 연맹이 압도적인 역량을 지녔다는 것을 의미한다. 전혀 이해가 되지 않았다.

"사파 쪽에 절대 고수가 있나?"

매선화가 고개를 저으며 품속에서 전서로 보이는 종이를 꺼내 들며 답했다.

"없습니다. 사실은 그보다도 다른 문제가 있습니다."

"그건 뭐지?"

"반 시진 전에 사파 연맹에서 도착한 전서입니다."

"사파 연맹에서 보냈다고?"

"네. 이 전서에는 사파 연맹이 본 교에 동맹을 요청하는 내용이 적혀 있습니다."

"뭐?"

무림맹과의 전쟁에서 승리한 사파 연맹이 그 여운이 가시기도 전에 뜬금없이 마교에 전서를 보내왔다.

그 안의 내용에는 사파 연맹이 마교에 동맹을 제의하는 글이 적혀 있었다.

"아직 무림맹과 전쟁 중일 텐데 웃기는 놈들이로군."

무림맹에 승리를 했지만 여전히 그들에 비해 기반이 약했기에 언제 패해도 이상하지 않은 상황이다.

그런 점에서 본다면 사파 연맹에서 마교에 보낸 동맹 요청은 당연한 수순일지도 몰랐다.

"…그런데 동맹 요청이 문제가 아닙니다."

"그럼 뭐가 문제라는 거냐?"

"그게 본 교에서 동맹을 거절한다면 전쟁도 불사하겠다고 적혀 있습니다."

매선화의 말에 대전 내의 회의실에 있던 모든 수뇌부의 얼굴이 딱딱하게 굳었다.

그것은 전쟁에 대한 두려움이 아닌 상대의 어처구니없는 태도에 대한 황당함 때문이었다.

"허어, 어찌 이리 광오한 내용의 전서가 있단 말이오."

"거참, 황당하기 그지없소."

조용하던 회의실이 순식간에 시끄러워졌다.

"여기 있습니다."

천마가 손을 내밀자 매선화가 그 전서를 넘겼다.

전서에는 토씨 하나 틀리지 않고 정말로.

[만약 귀 교에서 동맹 제의를 거절하면 전쟁을 각오해야 할 것이오.]

라는 오만한 내용의 글이 적혀 있었다.

'뭐지? 필적에서 느껴지는 기운이 매우 익숙하다.'

모 아니면 도 식의 내용이 적힌 전서의 필적에서 천마는 매우 호전적이면서 투쟁심이 가득한 익숙한 기운을 느꼈다.

65장
오월동주

하북성의 최북단에 위치한 사파 연맹의 성.

검문과의 전쟁에서 패한 사파 세력은 그 힘이 무림사에 있어서 최고로 약화되었다.

사파인들은 정파와 마교에 비해서 그 응집력이 현저히 떨어진다.

천 년 동안 정치적인 요인과 기득권 덕분에 사파 연맹이 유지되었으나, 실질적인 힘이 없었음이 여실히 드러나는 사태였다. 그러나 이러한 사태를 겪게 되면서 사파는 완전히 달라졌다.

정파 무림맹을 비롯한 마교는 맹주와 교주의 집권 체제가 이뤄지긴 했으나 어느 정도 수뇌부 회의나 의견 수렴이 가능한 체제였다.

반면 현 사파는 완전한 일인 집권 체제로 바뀌게 되었다.

오직 단 한 명의 수장이 모든 결정권을 가지게 된 것이다.

자칫 오류가 일어날 수 있음에도 불구하고 무림맹에 복속되어 치욕과 수모를 겪은 사파인들은 다시 사파가 일어나기 위해 일인 집권 체제를 옹호하고 누구 하나 반대하지 않았다.

사파의 대전 회의실 석좌에는 굉장한 존재감을 내뿜고 있는 거구의 근육질 노인이 앉아 있었다.

그는 지난 검문과의 전쟁에서 죽었다고 알려진 북호투황이었다.

회의실에는 그런 북호투황과 단 한 사람이 독대를 하고 있었는데 얼굴을 온통 붕대로 감고 있는 자로 두 눈이 없고 철장을 짚고 있었다.

"무명 자네 말대로 마교에 동맹 요청을 했는데 과연 뜻대로 되겠나?"

그는 마교의 내전 때 내부 간섭을 조작한 무명이었다.

당시 동검귀 성진경과의 싸움에서 패하고 사라진 그는 놀랍게도 사파 연맹의 참모로 자리하고 있었다.

"원래의 계획대로 틀어진 마당에 말이야."

"정파 무림맹과 사파 연맹만으로도 무림의 육 할 이상이 걸린 전쟁이었네."

무림맹의 전력 삼만 명과 사파 연맹 일만 명이 몰살되면 검문의 일만 명과 마교의 일만 오천 명만이 남게 된다.

"그래, 그랬지. 그분과 자네의 말대로 한다면 분명 혈교가 움직였어야 하는데 간섭은커녕 작은 움직임조차 포착되지 않았네."

그것은 모두의 예측을 벗어난 일이었다.

혈교의 무림 말살 대계를 생각한다면 이번 무림맹과 사파 연맹의 전쟁은 이를 실현하기 적절한 기회라고 할 수 있었다.

지금까지 혈교가 대계를 준비하고 배후에서 조종해 오던 것을 기반으로 생각한다면 분명 이번 전쟁에서 그 모습을 드러냈어야 하는데 끝까지 침묵을 지켰다.

"그 점에 관해서 세 가지 견해가 있네."

"세 가지 견해?"

"첫째, 육 할만으로는 혈교의 무림 말살 대계가 부족하다고 판단했기 때문에 이번 전쟁을 포기했을 수도 있네. 하나 이것은 며칠 전에 마교에 보낸 세작을 통해서 아니라는 것을 알게 되었지."

"예상외의 일이었지. 설마 마교를 먼저 칠 줄이야."

이들은 독자적인 정보망을 통해서 혈교가 수천의 강시를

동원해서 마교를 공격했음을 보고 받았다.

오히려 그들이 전혀 예상하지 못한 일이었다.

그렇게 마교를 공격했다는 것은 분명 무림맹과 사파 연맹의 전쟁을 기회로 포착했다는 의미였다.

"아무리 그래도 그렇지, 고작 강시 따위로 마교를 뒤엎을 생각을 하다니 혈교를 너무 과대평가했군."

"고작 강시 따위라… 자네가 그것들을 직접 보았다면 생각이 달라졌을 걸세. 그 고작 강시 따위가 무림에 일으킨 혈겁이 얼마나 큰 줄 보았다면 말이야."

북호투황의 강한 자신감에 무명이 혀를 내둘렀다.

그분을 상대하면서도 절대 물러서지 않을 정도로 투쟁심이 강하니 그럴 수도 있겠다고 여겼다.

"그래서 두 번째 견해는 뭔가?"

"두 번째와 세 번째는 사실 연결된 견해일세."

"연결되었다니?"

"혈교가 원래의 계획대로 마교 정벌을 실패하면서 전쟁을 포기했을 수도 있네. 다만 이것이 의외인 점은 부활한 혈교의 전력을 예상해 본다면 강시는 극히 일부 전력에 불과한데 너무 좋은 기회를 쉽게 포기했다는 것이지."

무명 역시도 참모진을 맡고 있는 만큼 전략과 지략에 뛰어났다.

그가 판단했을 때도 마교의 정벌을 실패했다고 해도 이번 기회는 혈교에 있어서 다시 오기 힘든 절호의 기회였다.

무림맹의 이번 패배는 굉장한 타격이었기 때문에 연달아서 사파 연맹과의 전쟁을 주도하기에는 전력 소모가 컸다.

"무림맹은 한동안 문을 걸어 잠글 걸세."

검문 내에서도 배신이 우후죽순으로 일어났기 때문에 검황이 바보가 아닌 이상 당분간 외부로의 힘 낭비를 할 리가 없었다.

한 번에 두 세력을 동시에 없앨 수 있는 기회가 쉽게 오는 것은 아니었다.

"몇 십 년 동안 쥐 죽은 듯이 숨어 지내더니 배짱이 없군."

북호투황이 생각할 때 혈교는 비겁한 쥐새끼와 같은 무리였다.

무명이 고개를 저으며 말했다.

"배짱의 문제가 아닐세. 그만큼 혈교는 마교, 아니, 천마를 두려워하는 걸 수도 있네."

"천마를 두려워해? 아무리 그가 전설적인 무인이라고 해도 일개 개인에 불과한데 대체 무엇을 두려워한단 말인가?"

매번 천마가 거론될 때마다 이해할 수 없었다.

북호투황 역시도 스스로의 무력을 과신했지만, 무림 전체의 판도를 놓고 볼 때 일개 개인이 미칠 수 있는 영향력은 극히

작다고 생각했다.

"자네는 천마를 모르네. 그자의 무서움은 무공뿐만 아니라 지략 또한 천하제일에 가깝다는 것이야."

"클클, 자네가 한 번 당했다고 과대평가하는 것이 아닌가?"

"크흠!"

무명이 노기 섞인 기침을 했다.

남마검 마중달이 집권하는 마교를 만들기 위한 계책이 천마로 인해서 실패했다.

그 탓에 그분의 분노를 사게 되면서 곤욕을 치러야 했다.

"세 번째일세. 그건… 가장 좋지 않은 견해일세."

"가장 좋지 않다?"

"혈교가 우리가 파놓은 함정을 눈치챘을 수도 있네."

"뭐? 그럴 리가 있나? 이 계획을 위해서 본좌가 이 팔 한 짝마저 포기하고 해남도에서 죽은 척까지 하며 숨어 지냈는데."

여기서 북호투황의 죽음의 비밀이 밝혀졌다.

모두가 죽었다고 생각한 그는 그동안 해남도에 은거하고 있었다.

그는 무림을 비롯한 혈교마저 철저하게 속이기 위해서 자신의 오른팔까지 희생한 것이다.

"…이건 마교의 천마 이상으로 위험한 일일세."

사뭇 진지한 무명의 목소리에 북호투황이 화를 가라앉혔다.

"무엇이 위험하단 말인가?"

"혈뇌가 부활했다면 이 계책을 눈치챘을 확률이 높네. 놈만큼 지략이 높은 자는 무림 어디에도 존재하지 않으니 말이야."

"혈뇌?"

그는 천마조차도 극도로 위험하다고 판단한 인물이다.

천 년 전 당시에도 악마의 뇌라고 불릴 만큼 지략이나 전략에 있어서 수단과 방법을 가리지 않는 자였다.

"혈뇌는 천 년 전 유일하게 천마를 곤경에 빠뜨린 자일세."

"그렇게 천마를 격찬할 때는 언제고 이제는 또 그놈을 격찬하는군."

빈정거리는 북호투황의 말에 무명이 목소리를 낮게 깔며 의미심장하게 말했다.

"가벼이 듣지 말게. 그가 혈교 내부 문제로 참수당하지 않았다면 지금의 무림이 없었을 수도 있네."

무명이 기억하는 천 년 전 혈교 대전은 혈뇌 생전과 사후로 나뉜다.

혈뇌가 살아 있을 당시 무림은 그 세력이 팔 할 이상 멸할 정도로 궁지에 몰렸으나 그의 사후 혈교는 쇠퇴의 길을 걷고 멸하게 된다.

"…무명 자네의 말이 사실이라면 정말 무서운 놈이로군."

이제야 사태의 심각성을 파악했는지 북호투황의 눈빛이 진

지해졌다.

"그렇다면 차선책을 반드시 성공시켜야겠군. 마교에서 과연 자네 뜻대로 움직이겠나?"

"뛰어난 책사라면 그 외에는 별수가 없을 걸세."

"자네의 뜻대로 되길 바라야겠군."

"곧 무림맹에 있는 세작들이 그 결과를 알려줄 걸세."

*　　　　*　　　　*

같은 시기의 하남성 북단에 위치한 무림맹의 대전 회의실은 시끄럽기 그지없었다.

각 문파 수장들의 성난 목소리가 쩌렁쩌렁 회의실을 울렸고, 이 상황을 맹주인 검황은 침묵으로 일관하고 있었다.

절대로 패하지 않을 거라 생각한 사파 연맹과의 대전에서 패배는 큰 후유증을 가져다줬다.

그로 인해 맹주인 검황의 위신은 크게 떨어졌고, 각 파의 반발이 커졌다.

'이 상황을 어찌 타개한단 말인가.'

생각보다 군사인 석금명의 부재는 큰 타격을 가져왔다.

지략이 뛰어난 제갈세가라면 어느 정도 그 역할을 대신할 수 있을 거라 여겼지만, 그는 각 문파를 대변하기에만 신경이

곤두서 있을 뿐이었다.

'어디서부터 잘못되었단 말인가?'

검문 산하의 검하칠위도 일석과 삼석이 죽게 되면서 그 힘이 현저하게 약해졌다.

더군다나 사석인 문율은 둘째 제자이던 석금명과 배신해서 잠적한 지 오래였다.

이석과 오석, 육석은 한 번 배신한 전적으로 인해 잠재적인 불안 요소였기에 더 이상의 전력 낭비는 검문의 힘을 약화시키는 지름길이었다.

"어떻게 전멸이 있을 수 있단 말입니까?"

"사파 연맹에 우리가 모르는 힘이 숨겨져 있소. 더 이상 그들은 약체가 아니오."

대다수의 수장들은 이 사실을 며칠이 지나도록 믿기 힘들어했다.

한탄이 섞인 토로의 장이 계속되는 와중에 강경책을 미는 이들도 있었다.

"우리 정도 젊은이들의 피가 저 차가운 북쪽에서 아직 마르지 않았소. 이대로 사파를 내버려 둔다면 그들의 원혼을 어찌 달랜단 말이오?"

점창파의 장문인 사일검 요진자의 말에 모두가 숙연해졌다.

그는 사파를 증오하는 강경파답게 이번 전쟁에 점창파의 무사 팔백여 명을 지원했다.

희생이 누구보다 컸기에 이대로 전쟁을 멈추기에는 한이 너무 컸다.

"아미타불, 요진자 장문인의 말씀도 이해가 가지만 너무 희생이 컸습니다."

온건파인 소림의 원명 선사는 더 이상의 전쟁은 반대하는 입장이었다.

이에 요진자가 노기 서린 목소리로 그를 쳐다보며 말했다.

"원명 선사, 그렇게 희생이 크니 이대로 넘길 수 없단 말이외다!"

"자그마치 이만 명에 이르는 이들이 죽었는데 여기서 더 많은 피를 찾을 작정입니까?"

원명 선사 역시도 양보할 수 없는 부분이었다.

소림에서도 백 명에 가까운 무승들이 지원하였는데 그들 모두를 잃었다.

애초부터 무림의 이권엔 관심이 없었지만 정파의 일원으로 함께하고자 하였다가 변을 당한 셈이다.

쾅!

"지금 점창의 장문인께서 그걸 몰라서 하는 소리요? 소림만 희생당한 것도 아닌데 유별나게 그렇게 말씀하시오!"

"팽 가주께서는 말씀이 지나치시오. 원명 선사께서 얘기하는 것이 복수를 포기하자는 의미가 아니지 않소."

점차 그들의 대화 양상은 온건파와 강경파의 싸움으로 변질되어 갔다.

검황을 비롯한 대제자인 종현과 이제는 둘째 제자가 되어버린 설유라는 침묵을 지킨 채 회의장을 바라보고 있었다.

사실 검문 내에서도 의견이 분분한 것이 대제자인 종현은 복수를 원했고 설유라는 더 이상의 희생을 막자는 의견을 냈기 때문이다.

'아아, 큰일이구나. 사부님께서는 어쩌실 요량이지?'

이대로 가다간 무림맹이 사분오열될 판국이다.

그때 대전 회의실을 지키는 무사가 조용히 들어와 검황에게 다가왔다.

기분이 저조한 검황이 낮은 목소리로 물었다.

"무슨 일이냐?"

"맹주님, 지금 성 밖에서 마교의 사자들이 뵙기를 청합니다."

"뭐, 마교의 사자?"

뜻밖의 보고에 검황이 인상을 찌푸리며 반문했다.

그렇게 크게 말을 한 것은 아니었지만 대전 회의실에 있는 이들은 전부 각 파의 수장들로 무공의 고수들이다.

마교의 사자라는 말이 들리자 순식간에 시끄럽던 대전이

조용해졌다.

대전이 정숙해지자 검황이 다시 한 번 물었다.

"마교의 사자가 확실하느냐?"

"네. 지금 성문 앞에서 대기 중입니다."

사파 연맹과의 전쟁에서 패배로 국론이 사분오열된 무림맹에 갑자기 마교의 사자가 나타났다. 그 시점이 너무나도 공교로웠다.

검황조차 영문을 짐작할 수 없기에 고민될 수밖에 없었다.

"어찌… 할까요?"

"…그들을 입성하게 하여라."

"충!"

잠시 고민에 빠져 있던 검황은 이내 그들의 입성을 허가하도록 하였다.

검황을 비롯한 각 문파의 수장들은 회의실을 나가 대전의 중앙으로 향하였다.

이윽고 얼마 있지 않아 대전 안으로 마교의 사자들이 들어왔다.

"아?"

대전 안으로 들어오는 마교의 사자들을 바라보던 이들 중에 설유라를 비롯한 모용세가의 가주 모용철의 두 눈이 커졌다.

'사, 사마 공자?'

마교의 사자 가운데에 놀랍게도 천마가 있었던 것이다.

그것은 어쩌면 오래전부터 내려온 숙명일지도 몰랐다.

천 년의 세월 동안 검문의 역사가 지속되면서 마교와의 숙명적인 대결은 악연처럼 지속되어 왔다.

선천공과 현천신공, 그것은 선마(仙魔)의 대립이었다.

검황은 검문 역사상 천 년만의 검선의 재래라 불릴 만큼 그 무공이 뛰어나고 명성을 달리 했다.

대전의 석좌에 앉아 기다리는 검황의 눈빛이 흔들렸다.

주위를 둘러보았는데 각 문파의 수장들 누구도 이것을 느끼지 못한 듯했다.

웅성웅성!

그들은 그저 갑작스러운 마교 사자의 등장 자체에만 초점이 맞춰져 있었다.

일정 반경부터 느껴지기 시작한 전율적인 기운이 서서히 이곳 무림맹 대전을 향해 다가오는데, 마교의 교주에게조차 느끼지 못한 알 수 없는 호승심이 피어올랐다.

'마교에 이런 자가 있었던가?'

오황을 만났을 때 느낀 경계심이 발끝부터 차오르고 있었다.

이윽고 대전 내로 마교의 사자들이 등장했다.

백염 백발의 노인은 무림맹 내에서도 잘 알려진, 예전의 오장로라 불이던 현 이 장로가 틀림없었다.

그리고 그 옆에는 젊은 두 남자가 있었는데 한 명은 나이에 걸맞지 않게 패기와 자부심이 느껴지는 걸로 보아 분명 소교주인 천여휘였다.

'이렇게 젊다니?'

검황을 내심 놀라게 만든 것은 그 가운데에 있는 젊은 남자였다.

마치 끝없는 어둠 그 자체로 보였다.

흑색 장포를 걸치고 있는 이 젊은 남자에게서 느껴지는 전율적인 기운은 믿기 힘들 정도로 강렬하게 다가왔다.

'저놈인가?'

마찬가지로 흑색 장포의 남자, 아니, 천마 역시도 그 시선이 검황에게로 향하고 있었다.

부활한 이후 그렇게 귀가 따갑도록 들어온 현 검문의 수장.

그 수장인 검황을 보는 천마의 눈빛에도 흥미로움이 가득했다.

'검선 녀석과는 전혀 다르군.'

생전의 검선은 선인이라고 불릴 만큼 그 높은 무위보다도 인덕으로 유명했다.

반면 천마는 검황의 강인한 인상과 패도를 지향하는 눈빛에서 그가 이미 다른 길을 걷고 있음을 확연하게 알 수 있었다.

'그래도 오랜만에 느껴보는군. 이 정도 선천공의 기운은. 크큭.'

천 년 전의 검선을 떠오르게 만들었다.

설유라의 어설픈 선천공과는 비교도 되지 않는 검황의 방대한 선기가 대전 전체를 아우르고 있었다.

그 위압감을 느꼈는지 당당하게 대전에 입성한 천여휘의 손끝이 미묘하게 떨려왔다.

다각다각!

천마의 오른쪽 허리춤에 차여 있는 검집 또한 떨려왔다.

마치 전의가 타오른 무사의 갈망처럼 현천검이 강하게 반응하고 있었다.

'네 녀석도 나와 같은 마음인가 보구나.'

현 무림에서 부활한 이후 혈교 이상으로 처리하고 싶던 곳이 바로 검문이었다.

그것은 검황이 들고 있는 푸른 검집의 창천검 역시도 마찬가지였다.

'창천검이 이토록 고조되다니……'

알 수 없는 현상에 검황의 검집을 쥔 손에 더욱 힘이 들어갔다.

대전 내의 모든 사람이 조용히 침묵을 지키는 가운데 검황이 입을 열었다.

"전쟁 때 이후로 오랜만에 보는구나, 마교의 소교주여."

웅성웅성!

소교주의 얼굴을 미처 모르고 있던 중소 문파의 수장들 입에서 웅성거리는 소리가 들려왔다.

다른 사람도 아닌 소교주가 직접 왔다는 것은 많은 의미를 내포하고 있다.

단순히 적대적인 이유만으로 이곳에 왔을 리가 없었다.

"오랜만에 뵙습니다, 정파 무림맹의 검황이여."

천여휘의 말에 그의 대제자인 종현과 설유라가 눈살을 찌푸렸다.

무림맹은 단순히 정파를 지칭하는 것이 아닌 무림 전체를 아우르는 통합 맹을 의미했는데, 이것을 정파 무림맹으로 부른 것은 지금 현 상황을 비꼰 것이기 때문이다.

"후후후, 과연 마교의 소교주다운 패기로구나."

이와 달리 검황은 오히려 그의 패기 넘치는 발언을 높이 샀다.

이곳 대전에는 정파무림의 모든 수장이 자리하고 있다.

수많은 정파의 고수들이 있는 적지의 한가운데임에도 불구하고 두려움을 떨쳐낸다는 것은 쉬운 일이 아니다.

"하지만 그런 불손한 말은 삼가길 바라네. 이곳은 자네의 말대로 정파무림 그 한가운데이니까 말이야."

고오오오!

검황의 말에 대변이라도 하듯 좌중의 기운이 고조되었다.

구파일방을 비롯한 정파의 내로라하는 문파, 방파들의 수장들이 모여 있는 자리이다.

아무리 마교의 소교주라고 할지라도 그들이 보기에는 여전히 애송이였다.

"크윽!"

주륵!

천여휘의 입가로 선혈이 흘러내렸다.

각 파의 수장답게 초절정 이상의 수많은 고수들이 한 번에 기운을 뿜어내니 그가 이를 버틸 수 있을 리가 만무했다.

"이게 무슨 짓이오? 무림맹은 사자에 대한 대우가 겨우 이런 식이오?"

그들의 기세에 불쾌함을 느낀 이 장로가 큰 목소리로 항의했다.

그런 항의에도 불구하고 오히려 그마저 위협하듯이 여기저기에서 기세를 높여가며 이 장로를 향해 적의를 표했다.

'이 정도면 충분하군.'

마교의 사자들이 압박감에 안색이 창백해지자 이에 충분히 기선을 제압했다고 여긴 검황이 손을 들어 올리며 좌중을 제지시키려 했다.

"크큭, 여전히 정파란 허울 속에 하는 짓들은 쥐새끼만도 못하구나."

'응?'

그러나 그보다도 먼저 가만히 지켜보고 있던 천마가 앞으로 나섰다.

천마가 앞으로 나서서 장포를 펄럭이자 놀랍게도 그들을 압박하던 기운이 사라지며 천여휘와 이 장로의 안색이 한결 편해졌다.

"허?"

"지금 이 기운을 상쇄시킨 것인가?"

천마의 모욕적인 말보다도 자신들이 흘려보낸 기운을 그저 장포를 펄럭인 것만으로 단숨에 상쇄시킨 그의 힘에 각 파의 수장들이 놀랐다.

'이, 이게 그 사마영천이 맞단 말인가?'

모용세가의 가주인 모용철은 북해 정벌 당시 천마와 겨룬 바가 있었다.

그 당시에는 같은 초절정의 경지였기 때문에 적어도 그 힘을 가늠할 수 있었는데 현재 각 파의 수장들이 내뿜는 기세를 지워 버린 천마의 능력에 경악하고 말았다.

'마, 말도 안 돼!'

반면 모든 수장 가운데 가장 놀란 한 사람이 있었으니 바로 그는 사마세가의 가주인 사마염이었다.

그는 사파 출신의 변절자였기 때문에 수장들 사이에서도 가장 눈치를 보는 입장이었다.

그런데 북해 정벌대의 희생양으로 보내서 죽었다고 생각한 사마영천이 마교의 사자들과 함께 나타나니 당혹스러울 수밖에 없었다.

아들이 살아 있는 것에 대한 기쁨보다도 이 같은 상황이 난감한 그였다.

'이, 이러다가 본 가주도 마교의 무리로 오인받는 것이 아닌가.'

사파와 등을 져가면서 겨우 무림맹에 입맹했다.

자칫하다가는 사마영천 때문에 마교로 몰려서 퇴출되거나 죽을지도 모른다는 두려움이 그를 사로잡았다.

결국 그가 선택한 방법은 선수를 치는 것이었다.

사마염이 각 파의 수장들 사이를 헤치고 앞으로 나서며 천마를 손가락으로 가리키고 소리쳤다.

"사마영천! 정도 무림인 사마세가의 아들이란 녀석이 감히 마교와 나타나다니! 변절한 것이더냐?"

뜬금없는 사마염의 외침에 좌중의 시선이 그에게로 쏠렸다.

"사마가주, 그게 무슨 말인가?"

"사마영천이라니?"

"설마 사마세가의 그 셋째 자제를 말하는 건가?"

웅성웅성!

좌중이 갑자기 소란스러워졌다.

검문의 사파 정벌 당시 가장 먼저 자발적으로 노선을 갈아 탄 사마세가였다.

그만큼 화제였던 사마세가이기에 그의 가문에 관한 것은 웬만한 무림 인사라면 어느 정도 알고 있었다.

'하아, 귀찮게 되었군.'

천마가 예상하지 못한 사마염의 등장에 인상을 찌푸렸다.

현 육신의 아비인 그가 무림맹에 있을 거라고는 예상하지 못한 그였다.

'됐다!'

좌중의 분위기를 보아하니 어느 정도 선수를 친 것이 통했 다고 생각한 사마염이 쐐기를 박으려 했다.

"사마영천, 내 아들이라면 응당 정도 무림으로… 으헛!"

부웅! 쾅!

그 말이 끝나기도 전에 천마가 가볍게 손을 휘젓자 사마염 의 몸이 뭔가에 맞은 것처럼 떠올라 대전의 벽면과 충돌하고 말았다.

"이, 이게 무슨……?"

"허공섭물?"

무림인들은 갑작스럽게 벌어진 일에 당혹감을 감추지 못했다.

그래도 명색이 한 세가의 가주인데 허공섭물(虛空攝物)과도 같은 힘에 단숨에 제압당해 기절해 버렸으니 말이다.

하지만 모두가 놀라기만 한 것은 아니었다.

"이 간악한 마교인이 감히 무림맹 대전에서 이런 건방진 행위를 하다니!"

점창파의 사일검 요진자가 분노에 차 고함을 내지르며 번개처럼 튀어나와 천마를 향해 검을 휘둘렀다.

사일검이란 별호답게 그의 검초는 뜨거운 태양과도 같은 정기를 내뿜고 있었다.

그러나.

챙!

"헛?"

사일검 요진자의 두 눈이 커졌다.

그의 화려한 검초를 특별한 초식으로 막은 것도 아니었다.

단지 가볍게 보폭을 파고들더니 그의 검날을 검지와 중지로 잡아낸 것이다.

"이익!"

공력을 끌어 올려 검을 빼내기 위해 애를 썼지만 꿈쩍도 하지 않았다.

마치 커다란 산을 밀어내기 위해 안간힘을 쓰는 기분이 들었다.

"무, 무슨 내공이……?"

"점창의 말코 도사야, 어설픈 검술 실력으로 까불지 말고 꺼져라."

"뭐, 뭐… 으으헉?"

휘리리릭! 쾅!

미처 화를 내기도 전에 천마가 검을 잡고 있던 두 손가락을 회전하자 요진자의 몸이 바람개비처럼 빠르게 회전하며 뒤로 튕겨져 나갔다.

사마염과 마찬가지로 벽에 처박힌 그는 상의마저 전부 찢겨 나가 볼썽사나운 꼴이 되었다.

"세, 세상에……!"

"사일검 요진자를 고작 일 수로 저렇게 만들다니!"

눈으로 보고도 믿기 힘든 광경이었다.

무림맹에 속하는 정도 무림인 중 누구도 아닌 구대문파의 장문인이다.

그 무위도 화경의 초입이었기 때문에 무위가 약한 것도 아닌데 고작 일 수에 박살이 나니 모두가 말문이 막혀 버렸다.

"또 나설 쥐새끼가 있나?"

천마가 좌중의 무림맹 인사들을 둘러보며 오만한 말투로 물었다.

그러나 워낙 괴물 같은 무위를 보여준 터라 모두가 선뜻 입을 뗄 수가 없었다.

그때 가만히 사태를 관망하고 있던 원명 선사가 앞으로 나섰다.

"아미타불! 아무리 이들의 태도가 과했다지만 사자로 오신 시주 분의 태도는 지나치시오!"

"오오, 원명 선사!"

이들 중에서 도가 계통의 무인들 이상으로 불도의 항마 기운을 지닌 원명 선사가 나서자 모두가 반색하며 뒤로 물러났다.

"아미타불!"

고오오오오!

불심이 깊은 원명 선사의 몸에서 역근경의 정기가 발산되자 그 영향을 받았는지 천여휘와 이 장로의 이마에서 식은땀이 흘러내렸다.

'이게 소림의 항마기(降魔氣)!'

마공을 익힌 자들이 가장 상대하기 꺼리는 자들 중 하나가 소림의 항마승들이다.

젊은 시절부터 항마승을 거쳐 그 계를 이어받은 원명 선사의 항마력은 무당의 태극신공이나 검문의 선천공과 비교해도 떨어지지 않았다.

그러나.

"뭘 어쩌라는 것이냐?"

"허어?"

항마기를 내뿜는 원명 선사의 입에서 탄성이 흘러나왔다.

마교의 소교주를 비롯한 이 장로조차 힘에 겨워하는데 천마는 전혀 영향을 받지 않는 듯했다.

"고작 항마기 따위로 날 어쩔 수 있을 것 같았나?"

쏴아아아!

천마의 몸에서 지금까지 갈무리하고 있던 마기가 폭발적으로 쏟아져 나왔다.

어쩌나 그 기세가 강한지 지켜보던 모든 정파의 수뇌부는 일순간 시야가 검게 물드는 듯한 착각마저 들 정도였다.

"이, 이… 어찌 이런 사악한 마기를? 아미타불!"

항마기보다도 강한 마기가 대전을 잠식하자 당황한 원명 선사가 기운 대결을 포기하고 천마를 향해 기습적인 일장을 날렸다.

천마가 같잖다는 듯이 비웃음을 흘리며 원명 선사를 향해 손을 내밀어 일장에 응수했다.

팡! 휘이이잉!

두 사람의 일장이 부딪치며 대전 내에 돌풍이 몰아쳤다.

완숙한 화경의 경지에 오른 원명 선사는 역근경을 바탕으로 심후한 내공을 지녔다.

적어도 내공에서만큼은 누구에게도 밀리지 않을 자신이 있었지만 그 결과는 중과부적이었다.

"어찌 이런 내공을?"

내공 대결이고 자시고 하는 문제가 아니었다.

천마의 심후한 내공을 이기지 못한 원명 선사의 입에서 뜨거운 선혈이 뿜어져 나왔다.

"원일이라는 땡중에 비하면 한참 모자라군."

"뭐, 뭣? 설마 그대는……."

천마의 의미심장한 말에 원명 선사의 두 눈이 커졌지만 이미 상황은 뒤집을 수 없었다.

천마가 더욱 내공을 끌어 올리자 원명 선사의 전신이 부르르 떨리더니 이내 칠공에서 피가 흘러내리며 바닥으로 쓰러졌다.

"후우, 이제 대화란 걸 좀 해볼까?"

천마가 석좌에 앉아 있는 검황을 향해 오만한 목소리로 말했다.

일순간 넓은 무림맹의 대전 안에 정적이 찾아왔다.

수많은 정파무림의 고명한 고수들조차 경악을 금치 못한 일이 일어났다.

바닥에 쓰러진 원명 선사는 무리한 내공 대결의 여파로 인해 심맥과 혈맥의 심한 손상으로 숨이 끊어지기 일보 직전이었다.

두 명의 화경의 고수를 단 일 수에 제압했다. 내공 대결로 이기려면 적어도 그보다 한 단락 위의 고수여야만 가능했다.

[현경이요! 현경의 고수가 틀림없소!]

[고작 약관을 넘긴 청년이 현경이라니? 말이 되질 않소!]

[나이가 문제가 아니오. 마, 마교에… 남마검 말고도 현경의 고수가 있을 줄이야.]

현경의 경지가 의미하는 것은 강함만을 뜻하지 않는다.

현존하는 오황 체계의 변혁을 의미하기도 했다.

무림에 알려진 오황의 공통점은 하나같이 현경의 경지에 올라 무에 있어서 정점을 차지한 자들이란 것이다.

'현경? 지금 무의 경지가 중요한 것인가?'

검황의 대제자 종현의 눈빛이 싸늘하게 식었다.

처음에는 사부의 명이 떨어지기 전까지 지켜만 보려고 한 그였지만 다른 것도 아니고 무림맹의 한복판에서 모욕을 당했다.

정도 무림을 상징하는 구파일방의 수장 두 명을 모두가 보는 앞에서 쓰러뜨렸다.

그것은 확실하게 힘에 있어서 우위를 보이기 위함이다.

스윽!

검황의 옆에 서 있던 종현이 허리춤에서 자신의 애검인 오청검(悟淸劍)을 뽑아 들며 대전 한가운데로 걸어나왔다.

'검황의 대제자인가?'

그의 몸에서 풍겨져 나오는 기세는 이곳에 있는 정도 무림의 여느 고수들과 비교해도 절대 밀리지 않을 만큼 강했다.

"대, 대사형!"

대사형인 종현마저 나서자 설유라가 어찌할 바를 몰라 했다.

분명 천마에 대한 연모의 감정이 컸지만 지금 이 자리에서 섣불리 나섰다간 상황이 더욱 복잡해질 것만 같았다.

'대체 사마 공자는 어쩌자고 이런 짓을……?'

정말 무림맹과 대화를 하고 싶다면 약간의 수모를 감수해야 했다.

적진에 들어와서 행패를 부린다면 결국 더욱 큰 싸움으로 커질 수밖에 없었다.

종현이 천마의 바로 앞에 마주 섰다.

일촉즉발의 긴장된 상황이다.

"본인은 검문의 대제자인 종현이라고 하오. 마교 측에 이런 숨겨진 고수가 있을 줄은 꿈에도 몰랐소이다."

당장에 검을 휘두를 기세이던 종현은 예상과 달리 정중하게 포권을 취하며 인사했다.

물론 손에 들고 있는 검은 언제라도 출수할 준비가 되어 있었다.

예의바른 종현의 태도에 천마의 눈이 가늘어졌다.

'…오히려 이놈이 더 검선을 닮았군.'

그도 그럴 것이 오히려 검황보다도 대제자인 종현이 옛날의 검선을 떠오르게 했다.

인덕의 결정체라 불리는 검선은 모략보다는 정공에 강한 자였다.

천마가 무림맹 한복판에서 깽판에 가까운 짓을 하고 있는데도 여전히 말없이 쳐다만 보는 검황은 정치적인 야욕이 강한 자였다.

그와 달리 종현의 눈빛이나 정기 넘치는 목소리는 그야말로 정도인의 표본에 가까웠다.

"대화를 하려고 무림맹에 오셨다고 들었소. 그렇다면 더 이상의 무례는 삼가 주길 바라오."

"웃기는군. 무례는 이미 그쪽에서 범하지 않았나?"

천마가 주변을 둘러싸고 있는 정도 무림의 인사들을 손으로 가리켰다.

처음부터 그들이 기세를 끌어 올려 소교주를 비롯한 이 장로를 압박하지 않았다면 이런 사태는 벌어지지 않았을 거라는 의미였다.

"그 점은 충분히 이해하오. 그리고 그 대가는 충분히 치렀소. 하지만 지금부터의 무례는 대가를 넘어서서 무림맹과 마교의 전쟁의 불씨를 지피는 것과 같소."

'호오, 이놈 봐라?'

천마를 노려보는 종현의 눈빛은 강한 투쟁심으로 빛나고 있었다.

명분을 중시하는 그가 마지막으로 하는 경고였다.

여기서 천마가 어떻게 나오느냐에 따라서 그의 검이 출수할지 아니면 착검할지가 결정 난다.

모두가 긴장하는 상황 속에서 그들을 압박하던 마기가 수그러들었다.

"아아!"

무공이 약한 중소 문파의 수장들은 다리가 후들거렸는지 대전의 기둥을 붙잡았고, 일부는 바닥에 털썩 주저앉을 만큼 공포를 느꼈다.

그만큼 천마가 뿜어낸 마기는 여태껏 만나본 마인들과는 비교도 안 될 만큼 강렬했다.

사태가 걷잡을 수 없어질까 두려워하던 설유라는 조심스레 안도의 숨을 내쉬었다.

"옳으신 판단에 감사드리오."

착!

종현이 오청검을 검집에 집어넣은 후 그 사부인 검황을 바라보았다.

그가 이때까지 가만히 지켜보고만 있던 것은 마교와의 관계에 대한 생각을 정리하기 위함이기도 했지만 천마의 실력을 살펴보기 위함이기도 했다.

'저자에게서 검이 느껴진다.'

천마를 처음 보았을 때 검황은 확신했다.

검으로서 경지에 오르면 그 자체가 검과 같아지는데, 천마를 보는 순간 절세보검을 보는 듯한 착각마저 들었다.

그렇게 생각한 검황은 끊임없이 천마의 움직임을 살폈다.

그러나.

'…어디에도 빈틈이 없다.'

검황이 내린 결론이다.

그 역시도 검으로 황(皇)의 칭호를 가진 만큼 천마의 빈틈을 찾아보려 했지만 가만히 서 있을 때조차도 약점을 찾기가 어려웠다.

직접 겨뤄보지 않고는 승부를 낼 수 없는 절대적인 고수라고 인정할 수밖에 없었다.

'마교에 이런 괴물 같은 자가 숨어 있었다니.'

남마검 일파와의 내전 승리를 비롯해 빠른 세력 회복으로 사파 연맹보다는 주의 깊게 관찰하던 마교이다.

최근 들어 동검귀의 영입과 교주 천극염의 새로운 오황 등극까지 마교는 다시 전성기를 되찾아가고 있었다.

'그런데 이자를 포함해서 현경의 고수가 세 명 이상 있다면…….'

승부를 장담할 수 없었다.

화경의 고수 보유량은 당연히 무림맹이 압도적으로 많았다.

하지만 현경의 고수를 상대하려면 적어도 화경의 고수 열 명이 합공하지 않으면 불가하다고 판단할 때 현 마교는 화경의 고수 서른 명 이상을 보유한 셈이었다.

이렇게 보았을 때 현재 사파 연맹과의 전쟁으로 힘이 약화된 무림맹은 마교와의 대립은 절대로 삼가야 했다.

석좌에 앉아 있던 검황이 드디어 몸을 일으켜 세웠다.

"이곳까지 왔으니 귀 교에서 원하는 바가 있을 터, 무엇을 원하는 것인가?"

허례허식 따윈 버린 검황의 단도직입적인 질문에 천마의 입꼬리가 만족스럽게 올라갔다.

종현과 같이 예를 차리는 것은 천마에게 귀찮은 일이었다.

처음부터 이야기가 진행된다면 굳이 돌려서 말할 필요가 없었다.

"동맹."

"동맹?"

"동맹!"

다시 한 번 강조하는 천마의 말에 좌중의 정도 무림 인사들 표정이 묘하게 바뀌었다.

뭔가 목적이 있어서 왔으리라곤 여겼지만 설마 동맹을 거론할 줄은 몰랐다.

설유라 역시도 이해가 가지 않았다.

'그렇게 검문을 증오하다시피 한 사람이 갑자기 동맹이라니?'

천마 본인이 왜 그리 검문을 미워하는지는 알 수 없으나 그것은 마교 역시도 마찬가지일 것이다.

검문의 무림 일통으로 인해서 수많은 피를 보고 내전까지 겪은 마교였다.

오히려 복수를 꿈꿔도 모자랄 판국에 느닷없이 동맹을 제의한 저의를 알 수가 없었다.

"동맹이라… 그게 정말 귀 교의 뜻이오?"

검황의 의심스러운 물음에 천마가 빈정거리는 투로 말했다.

"왜, 동맹을 하자니 양심에 걸리기라도 하나?"

"양심? 귀 교가 우리와 동맹을 맺을 이유가 없을 텐데?"

"당연한 것 아닌가? 사파 연맹과의 패배로 약해질 대로 약해진 네놈들과의 동맹은 우리가 밑지는 장사지."

천마의 적나라한 지적에 검황의 인상이 무섭게 굳었다.

그렇게 강조하지 않아도 무림 일통을 위한 출사 후로 최대의 치욕이라 생각하는 이번 전쟁의 패배였다.

"정말 동맹을 원한다면 계속해서 도발하는 게 그리 옳은 선택이라고 여겨지지 않는데?"

솨아아아아!

검황의 손가락이 꿈틀거리자 사방으로 날카로운 예기가 일어났다.

언제든지 그가 마음만 먹으면 그 예기는 천마를 향해 쇄도할 기세였다.

그의 뒤에 서 있는 천여휘와 이 장로는 자신들을 에워싼 날카로운 예기에 식은땀을 흘렸다.

'과연 명불허전이구나.'

조금만 방심하면 이 예기가 마치 자신들의 목을 파고들 것만 같았다.

사파 연맹과의 전쟁에서 패하고 최근 들어 배신자들이 속출하긴 했지만 여전히 현 무림에서 정점에 가까운 남자였다.

'저, 정말 괜찮은 걸까?'

'조사 어른을 믿지 못하는 건 아니지만… 상대는 검황인데.'

무림맹으로 오는 여정에 누차 검황을 조심해야 한다고 알렸다.

검황은 무림 일통을 꾀할 만큼 북호투황 못지않은 호전적인 인물이라는 사실은 이미 알려진 사실이다.

"사파 쪽에 배후의 세력이 있다는 것 정도는 눈치챘을 텐데. 안 그런가?"

배후 세력이라는 말에 싸늘하던 검황의 눈빛이 이채를 띠었다.

그도 그럴 것이 무림 대회의에서 밝히진 않았지만 검황 역시도 사파의 배후에 누군가가 존재할지도 모른다는 의심을 했기 때문이다.

검문의 무림 일통 당시 상대한 사파는 북호투황을 제외하면 그리 강한 전력을 가지고 있지 않았다. 비약적인 전력의 상승은 의심을 불러올 수밖에 없었다.

다만 확실한 정황이 없기에 심증으로 멈춰 있는 상태였다.

"…배후가 있다고 확신할 수 있나?"

"그래서 제안하는 것이다."

"제안?"

"천마신교와 무림맹이 한시적인 동맹을 맺는 거지."

"한시적 동맹? 그게 무슨 의미지?"

한시적 동맹이라는 말에 좌중의 모두가 의아한 표정을 지었다.

　"말 그대로 잠시 동맹을 맺는 거지. 배후의 세력이 있다면 그들을 처리할 때까지 서로 공조하는 거다."

　"만약 없다면?"

　"그럼 동맹은 끝이지."

　명료한 제안에 검황의 표정이 묘해졌다.

　'고민되겠지. 네놈은 내 제안을 받아들일 수밖에 없을 것이다. 하지만 모든 정보를 그대로 줄 순 없지.'

　사실 여타의 세력권이었다면 천마는 혈교의 존재를 거론하며 그 위기를 강조했을 것이다.

　하지만 천마는 천 년 간의 선계로 진입하기 위한 수련을 날리게 만든 검문을 증오하기에 중요한 정보를 줄 생각 따윈 일체 없었다.

　'혈교만 해결하면 그다음은 검문이다.'

　훗날 검선이 울고불고 해봐야 소용없었다.

　한편, 고민하는 검황은 설유라와 전음을 주고받고 있었다.

　평소라면 둘째 제자인 군사 석금명과 상의했겠지만 그는 이제 없었다.

　최근에 와서 무림에 대한 소식에 밝은 것은 대제자인 종현보다도 설유라였다. 왜냐하면 그의 해독약을 구하기 위해 전

무림을 돌아다니면서 직접 눈과 귀로 정보를 얻은 그녀였기 때문이다.

[어떻게 생각하느냐?]

[제가 어찌 이런 대사에 의견을 고하겠습니까?]

[괜찮다.]

[그렇다면 저는 마교와의 한시적인 동맹이 그리 나쁘지 않다고 생각됩니다. 사부님께도 보고 드렸지요. 절곡 사건을.]

설유라의 전음에 검황이 고개를 끄덕였다.

그녀는 약선을 찾게 된 절곡에서 정체불명의 조직이 강시를 인위적으로 제조하고 있다는 사실을 고했다.

매우 심각한 일이었지만 당시에는 검하칠위의 반란에서부터 사파 연맹의 탈맹까지 여러 사건이 연달아 터지면서 이를 간과하고 말았다.

[어쩌면 사파 연맹의 배후에 그 정체불명의 조직이 있을지도 모릅니다.]

[흐음, 알 수 없는 조직이라…….]

만약 정말로 그런 조직이 있다면 마교와 힘을 합쳐야 할지도 몰랐다.

다만 그것이 아니라 이 역시도 마교의 수작에 불과하다면 무림맹은 다시는 일어날 수 없는 수렁에 빠질지도 모른다.

[유라야, 혹시 저 녀석을 알고 있느냐?]

검황은 자신의 좌측에 서 있는 설유라가 천마가 등장한 후부터 그에게서 눈을 떼지 못하고 있는 것 정도는 이미 눈치채고 있었다.

검황의 물음에 잠시 고민하던 그녀가 조심스럽게 답했다.

[네. 저자는 사마세가의 셋째 공자인 사마영천입니다.]

검황도 귀가 없진 않으니 기절하기 전에 사마세가의 가주인 사마염이 한 말을 놓칠 리가 없었다.

지금은 다시 뿔뿔이 나누어졌지만 검문은 무림 삼대 세력을 통일하면서 수많은 정보망을 통해 각 파의 대소사를 파악하고 있었다.

당시 그가 기억하는 사마세가의 셋째 아들은 한 팔이 잘리고 폐인이 되었다.

그런 폐인이 되었다고 알려진 자가 오황에 버금가는 고수가 되어 마교의 사자로 나타났다는 것은 상식적으로 이해할 수 없는 일이었다.

'어찌 된 영문인지 알아볼 필요가 있겠군.'

지금은 애써 내색하지 않았다.

일단 저 사마영천이라는 자가 마교의 사자로서 온 것은 변함없는 사실이다.

검황은 대전에 있는 모든 정도 무림의 인사들을 쳐다보며 말했다.

"본좌는 동맹 제안을 긍정적으로 검토하고 있소. 하나 우리는 정도를 지향하는 만큼 각 파의 수장들과 인사 분들의 의견을 존중하는 바, 이에 관한 회의를 제청하는 바이오."

마교, 사파 연맹과 다르게 정파의 인사들로 가득한 무림맹은 기본적으로 모든 정책의 방향을 회의로 결정했다.

회의 없이 맹주가 독단적으로 정책을 결정하면 그 반발이 심하고 명분을 잃기 때문이다.

'역시나 귀찮은 짓거리를 하는군.'

천마는 이에 고개를 절레절레 흔들었다.

애초부터 동맹에 관한 결정이 곧바로 내려지진 않을 거라고 짐작했다.

명분을 중시하는 정파의 특성상 수뇌부의 동의가 필요하리란 것을 잘 알고 있기 때문이다.

"맹주님의 회의 제청에 동의하는 바입니다."

"원시천존, 무당도 동의하는 바이오."

"우리 제갈세가도 동의합니다."

구파일방을 시작으로 각 중소 문파의 수장들이 동의했다.

사파 연맹이 큰 적으로 부상한 이상 마교의 동맹 제의는 쉽게 간과할 수 있는 사항이 아니었다.

"꽤나 길어지겠군. 어느 정도의 말미가 필요하지?"

천마의 보채는 말에 정도 무림의 인사들은 내심 불쾌했지만 대놓고 내색하진 못했다.

그만큼 천마가 보여준 힘은 압도적이면서 그 위압감은 그들을 넘어섰다.

하지만 검황은 그를 두려워하지 않기에 의견을 말했다.

"이틀에서 삼 일 정도면 될 것 같소."

"고작 동맹 하나를 결정하는 데 이삼 일이나 필요하다? 어불성설이군. 하루의 말미를 주도록 하지."

천마의 단호한 말에 검황이 눈살을 찌푸렸다.

보채는 것도 어느 정도이지 천마는 거의 억지를 부리는 수준에 가까웠다.

'아아, 조사 어른……'

사실 뒤에서 지켜보는 소교주 천여휘나 이 장로 역시도 이 부분은 검황과 같은 생각이었으나 다른 누구도 아닌 조사 천마였기에 가만히 입을 다물고 있는 것이었다.

"하루? 지금 본좌와 농을 하는 건가?"

"농? 사태의 심각성을 모르는 것 같군."

빈정거리는 천마의 말투에 검황이 심기가 불편한지 인상이 굳었다.

무위가 높은 것 이상으로 상대의 심기를 긁는 데 타고난 인사라는 생각마저 들었다.

"심각해? 귀 교에서도 사파 연맹과 그 배후의 적을 심각하

게 여기기에 본 맹과의 동맹을 제안했을 텐데 그 정도 인내심
도 없나?"

"인내심이라… 후후, 그렇다면 좀 더 빨리 선택할 수 있도
록 도와줘야겠군."

"뭐?"

천마가 품속에서 뭔가를 꺼내 들어 검황을 향해 날렸다.

검황이 가벼운 손짓으로 이를 받아냈다.

"음, 이건……?"

그것은 바로 서찰이었다.

검황에게 건넨 서찰이 무엇인지를 알고 있는 이 장로의 얼
굴에 당혹감이 서렸다.

"앗! 그, 그것을 언제?"

그 서찰은 다름 아닌 사파 연맹에서 마교로 보낸 협박에 가
까운 동맹 제의서였다.

언제 현화단주에게서 이것을 챙겨 왔는지 이 장로나 천여휘
조차도 몰랐다.

'굳이 저것을 검황에게 보여줄 이유가 없는데.'

저 내용의 서찰을 보여주면 자칫 마교가 협박을 당해서 사
파 연맹을 두려워해 무림맹에 동맹을 제안하는 것처럼 보일
수도 있었다.

도무지 천마의 생각을 짐작할 수가 없었다.

"…이걸 본좌에게 보여주는 이유가 무엇인가?"

그런데 이 장로가 예상한 것과 달리 검황의 표정이 꽤 심각해져 있었다.

그도 그럴 것이 검황은 이 서찰을 보여준 의도를 정확하게 간파했기 때문이다.

"동맹 제의를 거절하면 사파 연맹과 손을 잡겠다는 건가?"

웅성웅성!

검황의 말에 정도 무림 수뇌부의 주변이 어수선해졌다.

설마 사파 연맹에서 마교에 동맹 제의를 했으리라고는 전혀 생각하지 못했다.

그저 마교의 자발적인 동맹 요청인 줄 알았는데 그 내면에 이러한 사정이 숨겨져 있을 줄은 몰랐다.

'현 시점에서 마교와 사파 연맹이 손을 잡는다? 하아, 만약 그렇게 된다면 그야말로 최악의 상황이 되어버린다.'

이곳에 모인 모두의 공통적인 생각이다.

사파 연맹과의 전쟁에서 패하면서 자그마치 이만 명에 이르는 전력을 잃었다.

그 탓에 정파무림의 힘이 절반 이상으로 약화된 상황이다.

여기서 한 번 더 사파 연맹과 전쟁을 벌인다 해도 승부를 장담할 수 없는데 거기에 마교마저 합류한다면 무림맹에 있어서는 치명적이다.

'한마디로 동맹을 거절하면 사파 연맹과 함께하겠다고 협박하는 건가? 하!'

검황은 기가 찬지 콧바람을 내뿜었다.

다른 누구도 아닌 자신을 상대로 협박했으니 어이가 없을 만도 했다.

하지만 이것을 감정적으로 받아들이기에는 저들의 패가 완벽할 정도로 자신들을 구석으로 몰아세웠다.

잠시 감정을 추스른 검황이 눈썹을 치켜 올리며 말했다.

"…내일 정오에 결과를 말해주겠네."

예상과 다르게 오히려 결정의 시간마저 단축되자 천여휘와 이 장로의 두 눈이 동그래졌다.

천하의 검황을 상대로 안하무인 식의 협상이 통할 거라고는 생각지 못한 그들이다.

새삼 조사인 천마가 대단하면서도 존경스러워졌다.

"좋아, 그때 다시 이곳으로 오도록 하지."

더 이상의 대화는 삼가고 싶은지 검황이 아무 말 없이 휙 몸을 돌렸다.

최대한 화를 가라앉히는 모습이다.

원하는 협상 무대를 만들어낸 천마는 만족스럽게 천여휘와 이 장로를 데리고 대전 밖으로 나가려 했다.

그러다 깜빡한 게 있는지 대전을 향해 소리쳤다.

"아! 그리고 만약에 동맹을 맺을 거면 본 교에서 훔쳐 간 천마검도 다시 반환해야 할 것이다!"

콰득!

결국 화를 이기지 못한 검황이 자신이 앉아 있던 석좌를 부숴 버리고 말았다.

사파 연맹과의 전쟁이 아니었다면 당장에 검을 뽑았을 것이다.

대전을 나간 천마는 곧장 일행을 이끌고 무림맹을 벗어났다.

원래는 한 단체의 사자가 오면 귀빈 대접을 해주는 것이 예의였으나 한시적 동맹 제안을 위해 정도 인사들을 크게 자극했더니 그런 대접은 없었다.

그나마 다행인 것은 천마가 압도적인 무위를 보여주지 않았다면 오히려 동맹 제안을 떠나서 소교주인 천여휘를 구금하려 들었을지도 모른다는 사실이다.

"역시 보냈군."

"네?"

무림맹의 서쪽 인근 마을로 향하는 도중 천마의 뜬금없는 말에 천여휘가 반문했다. 그러자 천마가 은밀하게 전음을 보냈다.

[우리를 감시하는 자들이 있단 말이다.]

[네? 감시요?]

주변에서 어떠한 기척도 눈치채지 못한 천여휘이다.

그가 놀란 눈으로 주변을 살피려 하자 천마가 이를 제지했다.

[아서라. 내색하지 마라.]

[네? 하나 조사님, 저들이 감히 저희를 감시하는데……]

[멍청하긴. 내가 저들을 잡지 못해서 내버려 두는 것 같으냐?]

천마는 애초에 무림맹을 나올 때부터 감시자들이 붙었음을 감지했다.

무림맹뿐만 아니라 더욱 먼 반경의 거리에서 자신들을 주시하고 있는 다른 기척도 발견했다.

여전히 천마를 과소평가하는 무림맹의 감시자들과 달리 극도로 기척을 죽이고 최대한 먼 거리를 유지하는 걸로 보아선 그를 두려워하는 듯했다.

'사파 연맹일 확률이 높겠지.'

천마는 그들이 사파 연맹일 거라고 확신했다.

멀리서 감시하고 있기에 보이지는 않았지만 천마의 입가에 미소가 감돌고 있었다.

'크큭, 역시나……'

불과 일주일 전, 마교의 대전에서 사파 연맹에서 보낸 동맹 제의서를 받았다.

당연히 교 내의 장로들을 비롯해 교주 천극염은 이 협박에 가까운 동맹 제의에 분노를 토해냈다.

이렇게 나온다면 당연히 마교가 취할 방법은 사파 연맹과 전쟁을 벌이든가, 혹은 무림맹과 동맹을 맺어 사파 연맹을 압박하는 수밖에 없었다.

그러나 여기에서 천마의 사고는 모두가 미치지 않는 곳으로 향했다.

'사파 연맹이 고의적으로 큰 전쟁을 유도하고 있다.'

천마가 내린 결론은 그것이었다.

부활한 사파 연맹의 행보는 마치 보란 듯이 전쟁을 유도했다.

이제 막 전력을 정비한 사파 연맹이 무림맹을 상대로 전쟁을 벌인다는 것은 정황상 미심쩍은 부분이 많았다.

'그렇다면 어떤 것을 택하든 저들이 원하는 방향으로 움직이게 된다.'

사파 연맹이 노리는 것은 어떤 식으로든 큰 전쟁이 발발하게 만드는 것이었다.

삼대 세력이 전쟁을 펼치면서 이득을 노릴 수 있는 곳은 무림 말살 대계를 꿈꾸는 혈교뿐이었다.

천마는 여기에서 어쩌면 사파 연맹의 배후는 혈교와 연관이 있거나 혹은 혈교를 끌어내기 위한 계책일지도 모른다고 직감했다.

'어지간히도 나를 얕보았군. 멍청한 놈들이.'

이들은 여전히 천마라는 인간의 진면목을 전혀 모르고 있었다.

천마는 절대로 남에게 이용당할 위인이 아니었다.

'수작 부린 대가를 치르게 해주지.'

이번에 무림맹에 동맹 제의를 한 것은 사파 연맹을 속이기 위한 일종의 보여주기 식의 오월동주(吳越同舟) 계책이었다.

적을 상대하기 위해 적과 손을 잡는 모습을 보여준다.

그것은 사파 연맹을 움직이고 있는 배후 세력을 속이기 위함이었다.

스륵!

천마의 기감에서 멀리서 감시하던 기척의 일부가 사라지는 것이 느껴졌다.

무림맹에서 나오는 천마의 일거수일투족을 윗선에 보고하기 위해 갔을 것이다.

"가자."

"…알겠습니다."

누군가가 감시한다는 사실을 알면서도 내버려 두는 것은

찜찜했지만 조사인 천마의 의견대로 해서 손해를 본 적은 한 번도 없었다.

그들은 서쪽 인근 마을에 위치한 객잔에 방을 잡았다.

날이 저물고 어두운 밤이 되었을 무렵 무림맹의 죄수를 가둬두는 금옥.

금옥 내에는 한 중년인이 감금되어서 고문을 받고 있었다.

"헉헉……!"

얼마나 심한 고문을 받았는지 머리까지 풀어헤치고 온몸이 피범벅이 되어 있는 중년인은 바로 사마세가의 가주인 사마염이었다.

그는 마교의 사자들이 떠난 즉시 마교와 연관되어 있을 수도 있다는 의심을 받아 금옥에 갇혔다.

치이이이익!

"끄으으으으으!"

불로 달군 쇠꼬챙이가 사마염의 허벅지를 뚫고 들어왔다.

어찌나 고통스러운지 사마염이 비명을 지르다 못해 실신하려 했다.

그럴 때마다 찬물에 머리를 통째로 담가서 기절조차 하지 못하게 만들었다.

"누구 마음대로 기절하는 것이냐! 당장 네놈이 마교의 주구라고 밝히지 못할까!"

"나, 나는 마교… 마교와는 아무 연관이 없소!"

"이놈이 그래도!"

치이이익!

"끄아아아악! 저, 정말 모르오!"

내공까지 금제되어서 몸을 보호할 수 없는 사마염은 고통을 견디기가 너무 힘들었다.

거짓말을 하고 싶어도 영문을 모르는데 무슨 말을 하겠는가.

한참을 고문받는 중에 옥문이 열리고 누군가가 들어왔다.

"아, 오셨습니까?"

그러자 그를 고문하던 형지기가 벌떡 일어나 예의를 차렸다.

옥문으로 들어온 자는 다름 아닌 무림맹의 맹주인 검황이었다.

"쯧쯧, 심하게도 했군."

"제대로 불지 않아서 말입니다."

"밖으로 나가 있게."

"알겠습니다."

검황은 밖으로 형지기를 내보내고 의자를 끌어당겨 사마염의 앞에 앉았다.

옥 내의 일렁이는 횃불에 비친 복면인을 발견한 사마염이 애걸복걸하듯이 그에게 앞으로 넙죽 엎드려 살려달라고 빌었다.

"매, 맹주님, 저, 저는 정말로 모르는 일입니다. 셋째 녀석과는 거의 의절하다시피 했는데 저희 사마세가가 어떻게 마교와 연관되어 있겠습니까? 제, 제발 살려주십시오."

탁!

그런 사마염의 턱을 붙잡고 검황이 물었다.

"살고 싶나?"

"네… 넵!"

"그렇다면 말해라. 사마영천이 언제부터 바뀌었는지를."

"네?"

"언제부터 달라졌는지 말하란 말이다."

66장
결렬

정도 무림의 중심인 무림맹의 성답게 그 인근에는 수많은 마을이 자리하고 있었다.

그중에 서쪽으로 산 고개 두어 개만 넘으면 만복촌이라는 마을이 자리하고 있었는데 천마 일행은 그곳 마을의 입구 쪽에 위치한 객잔에 여장을 풀었다.

저녁 무렵 객잔의 1층 식당에서 천마와 소교주인 천여휘, 이 장로는 껍질을 바삭하게 튀긴 오리구이와 버섯볶음 요리를 시켜놓고 술을 마시고 있었다.

식사를 하고 있는 와중에 객잔으로 한 손님이 들어왔다.

"허어……."

순간 식당에 있는 손님들의 입에서 동시에 탄성이 흘러나왔다.

그야말로 절색이라 할 만큼 너무나도 아름다운 백색 무복의 여인이 객잔 안으로 들어왔기 때문이다.

그녀는 바로 무림맹주 검황의 셋째 제자인 설유라였다.

"조사 어른, 조사 어른."

"왜 그러느냐?"

"지금 객잔에 들어온 여인은 아무래도 무림맹에서 검황의 곁을 지키던 소저인 것 같습니다."

천여휘의 말에 천마가 고개를 절레절레 흔들었다.

뒤를 돌아보진 않았지만 그 말만으로도 설유라라는 사실을 짐작했기 때문이다.

'귀찮군. 쯧.'

천마를 연모하는 설유라는 무림맹의 대전에 천마가 나타났을 때부터 그를 뚫어져라 쳐다보고 있었다.

그러나 천마는 이를 거들떠보지도 않았고, 끝내 그녀를 아는 척조차 하지 않고 사라졌다.

물론 무림맹과 마교와의 관계를 생각한다면 그것이 설유라를 위해서도 좋은 일이었다.

"아, 사마 공자다!"

천마가 뒤를 돌아보진 않았음에도 객잔을 둘러보던 그녀가 그를 발견했다.

뭐가 그리 즐거운지 설유라가 양 볼에 홍조를 띠며 천마가 있는 곳을 향해 걸어왔다.

두근두근.

천마를 향해 다가갈수록 심장이 빠르게 뛰었다.

수많은 위기를 겪을 때마다 천마 덕분에 목숨을 건진 그녀는 시간이 흐를수록 단순한 호감이 아닌 연정의 마음을 가지게 되었다.

'응?'

무림맹에서 왔다는 생각에 포권을 취하며 예로써 대하려던 천여휘는 그녀의 홍조가 피어오른 얼굴을 보는 순간 말문이 막히고 말았다.

많은 여자를 만나본 것은 아니지만 그녀의 얼굴은 누가 봐도 연모의 감정을 담은 얼굴이었다.

'아, 아름답다.'

사랑에 빠진 여자만큼 아름다운 존재는 없다고 했던가.

순간 넋이 나간 천여휘를 향해 설유라가 방금 전에 짓던 사랑스러운 표정을 지우고 빙화라는 별호에 걸맞게 차갑게 굳은 얼굴로 포권을 했다.

"마교의 소교주와 이 장로께 인사드립니다. 검문의 셋째 제자인 설유라입니다."

"네, 바, 반갑습니다. 소교주 천여휘입니다."

얼떨결에 답하기는 했는데 설마 검황의 제자일 줄은 몰랐던 천여휘의 눈빛에 당혹감이 서렸다.

'검황의 제자가 여긴 대체 왜⋯⋯?'

그녀는 이 장로와 천여휘를 향해 무감정한 목소리로 말하며 가볍게 포권하고는 이를 지나치자 천마에게 다시 홍조가 오른 얼굴로 물었다.

"사마 공자, 오랜만이에요."

방금 전에 보여준 그 차가운 얼굴과는 완전히 상반된 표정이다.

천여휘나 이 장로는 이 상황을 도무지 이해할 수가 없었다.

'조사 어른⋯ 대체 그동안 무엇을 하셨기에?'

마교의 천나연을 비롯해 중원삼화(中原三花)라 불리는 설유라이다.

중원 최고의 미녀 중 한 사람이자 검문의 제자인 설유라가 천마를 향해 연모의 감정을 담아 부르니 이해가 가지 않는 것이 당연했다.

'조사님을 사마 공자라고 불렀는데⋯ 검황의 제자가 조사님의 원래 육신의 주인을 알고 있는 건가?'

이 장로는 천마가 사마영천의 육신을 얻기 전부터 설유라와 알고 지낸 사이일지도 모른다고 우려했다.

다른 것은 몰라도 조사 천마가 부활한 것은 마교를 제외한 전 중원에 극비 사항이었다.

"뭣 하러 여기까지 온 것이냐?"

'아?'

하나 그것은 기우에 불과했다.

아무래도 귀찮아하는 천마의 눈빛을 보니 모르는 사이는 아닌 듯했다.

이 장로가 천여휘에게 전음을 보냈다.

[소교주, 아무래도 자리를 비켜 드려야 할 것 같습니다.]

그의 의도를 알아들은 천여휘도 동의하는지 고개를 끄덕이며 천마에게 말했다.

"저희는 식사를 마쳤으니 먼저 숙소로 들어가 보도록 하겠습니다."

"뭐?"

눈치껏 피해주겠다는 천여휘의 배려는 천마에게 있어서 절대로 고마운 일이 아니었다.

설유라는 기회를 놓칠세라 천마와 마주 보는 자리에 얼른 앉았다.

이에 천마는 한숨을 내쉬었다.

천여휘와 이 장로가 숙소로 들어가자 설유라가 배시시 웃으며 말했다.

"오랜만에 봤는데 반갑지 않은 건가요?"

"헛소리는."

치익!

천마는 그녀를 쳐다보지도 않고 곰방대에 불을 붙여 담배를 빨아들였다.

북해 정벌 때를 비롯하여 한결같이 무심한 태도로 일관하는 천마였다.

자욱한 담배 연기를 내뱉으며 천마가 물었다.

"무엇 때문에 온 것이냐?"

"감사드릴 것도 있고, 여차저차해서 온 거예요."

"감사?"

"그때 약선 어르신을 양보해 주신 덕분에 대사형이 쾌차할 수 있었어요. 전부 사마 공자 덕분이에요."

천마가 당시 약선을 양보한 이유를 모르는 그녀로서는 감사할 따름이었다.

사실 이것저것 핑계를 만들어서라도 그의 얼굴을 보고 싶은 마음에 한달음에 달려온 것이다.

이런 감정의 기류를 천마가 눈치채지 못할 리가 없었다.

'멍청한 계집.'

"후우~"

천마는 담배 연기를 내뱉으며 주위로 기를 발산해 근처 동향을 살폈다.

미묘하게 흔들리는 기감으로 봐선 그를 감시하는 무림맹 측의 인물들이 설유라의 등장에 제법 당황한 듯했다.

천마는 현재 무림맹 측에 있어서 가장 위험한 인물에 속하는 감시 대상이다.

그런 그를 무림맹주의 제자가 독대하고 있으니 그들로서는 이 상황을 어찌해야 할지 난감할 것이다.

스륵!

천마가 가볍게 손가락을 휘젓자 그들의 주위로 미묘한 파동이 느껴졌다.

설유라가 의아한 표정을 짓자 천마가 한심하다는 듯이 말했다.

"쥐새끼들이 많아서 소리를 차단한 것이다."

"쥐새끼요?"

"…무림맹에서 회의가 진행되는 동안 아무런 감시도 없이 우릴 방관할 거라 생각했나?"

"아……!"

그제야 그녀는 자신이 무심코 벌인 일에 대해 인식하게 되었다.

그저 천마를 보고 싶다는 마음에 무림맹을 벗어나길 기다렸다가 나왔는데 생각이 짧은 행동이었다.

'큰일이구나. 그렇지 않아도 석 사형의 배신 때문에 심기가 불편하신데.'

검황은 최근 연달아 일어난 배신으로 사람들에 대한 의심이 커졌다.

그녀가 천마와 접촉했다는 사실을 알게 된다면 분명 어떤 식으로든 의심을 할 것이 자명했다.

"괜한 의심을 사고 싶지 않다면 일어나는 게 좋을 거다."

경고에 가까운 천마의 조언이었다.

'아아……!'

아쉬운 마음이 들었다.

하나 여기서 더 머물게 되면 감시자들의 의심은 더욱 눈덩이처럼 불어날 것이다.

결국 그녀는 자리에서 일어날 수밖에 없었다.

자리에서 일어난 설유라가 아쉬운 눈빛으로 천마를 바라보며 말했다.

"사마 공자, 가문을 생각해서 정도로 돌아오실 마음은 없는건가요?"

아무리 그녀가 간절히 원한다고 해도 천마가 마교에 있다면 절대로 이어질 수가 없는 운명이다.

천마의 진정한 정체를 모르는 그녀는 사마세가의 자제인

그가 무림맹으로 돌아오길 간절히 바랐다.

"처음부터 나는 마도였다."

"…정도와 마도는 함께할 수 없는 건가요?"

"양립할 수 없는 관계다."

그녀의 그런 바람을 산산이 부수듯이 천마는 단호하게 선을 그었다.

설유라는 씁쓸한 얼굴로 뒤돌아 객잔을 나섰다.

애초부터 함께할 수 없는 운명임에도 불구하고 계속해서 걸어 들어오는 설유라를 천마는 매몰차게 밀어낼 수밖에 없었다.

천마의 뿌연 담배 연기가 그녀가 떠나간 자리를 자욱하게 채웠다.

다음날.

전날 밤까지 무림맹의 대전 회의실에선 팽팽한 갑론을박이 벌어졌지만 결국 하나의 의견으로 좁혀졌다.

그것은 마교의 동맹 제의를 받아들이자는 것이었다.

물론 그 이면에는 동맹 관계를 이용해 마교를 전면으로 내세워 사파 연맹과 싸우게 만들고 실리를 취하자는 것이 무림맹의 본의였다.

정오가 되기 전에 검황은 집무실에서 제자인 설유라와 독대하고 있었다.

평소 애제자인 그녀에게만큼은 인자하던 검황의 얼굴이 무서울 정도로 싸늘하게 굳어 있었다.

"확실한 것이냐?"

"네. 절곡에서도 그렇고 약선 어르신을 찾는 데 사마 공자의 도움을 받았기에 고마움을 표하고 싶었습니다."

그녀는 전날에 있던 천마와의 만남을 해명하고 있었다.

감시자들을 통해서 설유라가 마교 측과 접촉했다는 것을 보고·받은 검황은 곧장 그녀를 집무실로 불렀다.

"그자에게 도움을 받았다……."

"믿기 힘드시다면 염사곤 대협을 불러서 여쭤보시면 될 겁니다."

단호한 설유라의 해명에 검황이 미간을 찌푸렸다.

그 역시도 자신의 애제자인 설유라를 의심하고 싶지 않았지만 시점이 너무도 공교로웠다.

하필이면 마교에서 동맹을 제안했을 때 그들과 접촉했다는 것이 꺼림칙했다.

더 추궁하고 싶었지만 시각이 정오에 가까워졌다.

"알겠다. 과전불납리라고 하였다. 너는 이 검황의 제자이면서 정도의 중심에 있으니 처신을 잘하길 바란다."

"…명심하겠습니다."

과전불납리(瓜田不納履).

오이 밭에서는 신을 고쳐 신지 않는다는 뜻으로, 처음부터 의심받을 짓을 하지 말라는 의미였다.

'아아, 어쩜 이럴 수가 있을까.'

항상 존경의 대상이었고 아버지와 같은 검황이 자신의 해명에도 불구하고 여전히 의심의 눈초리를 거두지 않음을 알아챈 그녀는 실망스러운 마음을 가지고 집무실을 나가야 했다.

정오가 되자 무림맹의 대전으로 정도의 인사들이 모여들었다.

이들 중에서 참석하지 못한 사람은 어제 대전에서 중상을 입은 점창파의 장문인인 요진자와 소림의 십계승인 원명 선사, 그리고 여전히 금옥에 갇혀 있는 사마세가의 가주 사마염뿐이었다.

평범한 정복을 입고 있던 어제와 달리 오늘의 대전에선 마치 전장을 방불케 할 만큼 모두가 무장을 하고 있었다.

그만큼 그들이 기억하는 천마의 무위는 공포 그 자체였다.

끼이이익!

대전 문이 열리며 천마를 필두로 소교주 천여휘와 이 장로가 모습을 드러냈다.

대전 내에 있던 좌중이 일제히 조용해졌다.

'여전히 위압감이 장난이 아니군.'

'대체 저런 괴물이 어떻게 무림에 알려지지 않은 거지?'

걸어오는 천마에게서 풍겨지는 위압감은 좌중을 긴장하게 만들 만큼 강렬했다.

그들이 대전 한가운데로 들어오자 부서진 석좌 앞에 서 있는 검황이 의례상 소교주인 천여휘에게 인사를 건넸다.

"소교주께서는 먼 길을 왔을 텐데 간밤에 여독은 잘 풀었는지 모르겠소."

"여러 가지로 신경 써주신 덕분에 잘 지냈습니다."

그저 인사에 답한 것처럼 들릴 수도 있으나 엄밀히 말하면 감시를 당한 것에 관한 불쾌감을 표현한 것이기도 했다.

"허허, 그런가? 좀 더 신경 썼어야 하는데. 다음번에는 아주 융숭히 대접하겠네."

검황은 그런 천여휘의 말을 가볍게 흘려 넘겼다.

정치적인 경험이 부족한 천여휘에 비하면 검황은 능구렁이와도 같았다.

하지만 그런 능구렁이조차도 안하무인으로 무시할 수 있는 남자가 바로 천마였다.

"쓸데없는 인사치레는 생략하고, 무림맹의 결론은 뭐지?"

검황의 눈썹이 치켜 올라갔다.

애송이 같은 천여휘의 말은 가볍게 흘렸지만 천마가 하는 말은 언제 들어도 상대의 심기를 제대로 긁었기 때문이다.

불쾌함을 감추지 못한 검황이었지만 그렇다고 인내심이 없는 것은 아니었다.

검황이 고개를 절레절레 흔들며 말했다.

"여전히 급하군. 이번 같은 상황이 아니라면 자네처럼 협상을 하는 자는 절대로 성공하지 못할 걸세."

"그렇게 말하는 걸 보니 결론을 낸 모양이군."

천마의 말에 검황이 가볍게 고개를 끄덕였다.

사파 연맹과의 패배로 전력이 약화된 무림맹의 현 상황에서 적을 늘리는 것보다는 우군을 만드는 것이 더 중요했다.

"흠흠."

동맹을 공표하는 중요한 자리이기에 검황이 목을 가다듬고 큰 목소리로 좌중을 바라보며 말했다.

"귀 교에서 본 맹에 동맹을 부탁한 것을 대회의를 통해 진중히 검토한 결과 본 맹은 간악한 사파 연맹과 그 배후 세력을 처단하기 위해 한시적인 동맹을 수락하기로 결정했네."

"와아아아아!"

검황이 공표를 하자 중소 문파의 수장들이 일제히 환호성을 질렀다.

이런 분위기를 조성하는 것은 일종의 보여주기 식의 공표라 할 수 있었다.

'쯧, 말장난을 하다니 잔머리를 굴리는군.'

검황의 잔꾀에 천마가 혀를 찼다.

이런 식으로 분위기를 조성한다는 것은 위기에 몰린 무림 맹에 대한 마교의 동맹 제의에서 더 나아가 마치 무림맹이 정 의를 구현하기 위해 어쩔 수 없이 적을 포용한다는 명분적인 생색을 내는 것이었다.

'저런 자가 정녕 그 검황이란 말인가?'

소교주인 천여휘 역시도 실망했는지 입술을 꽉 깨물었다.

비록 적이긴 하지만 처음으로 중원무림의 삼대 세력을 일통 한 영웅으로 인정하고 있었는데 막상 직접 대면해 보니 권력 과 야망이 집약된 정점이었다.

'아무리 무림맹 한가운데라고 하지만 사자가 있는 앞에 서 본 교의 제의를 부탁이니 수락한다는 식으로 표현하다 니……'

이 장로 역시도 이 점에 대해선 같은 불만이었다.

하지만 동맹을 거절한 것도 아닌, 받아들인 상황에서 이런 공표에 쓰인 단어 하나하나를 일일이 지적하는 것도 상황에 맞지 않았다.

'동맹에 응하지 않는다면 사파 연맹과 동맹을 맺겠다고 협 박한 걸 그냥 넘길 줄 알았나?'

분한 듯한 표정이 되어 있는 마교 측을 바라보며 검황이 흡족한 듯 웃었다.

검황 역시도 말장난을 하는 인물은 아니었다. 하나 어제의
일로 정파무림의 위축된 사기를 높일 목적으로 이와 같은 수
단을 강구한 것이다.

그러나 이를 천마가 그냥 좌시할 리가 없었다.

"동맹 부탁? 수락 좋아하시네."

"뭐?"

"본 교가 무림맹보다 아래인 줄 아나? 뭘 수락한다는 것이
냐?"

"귀 교에서 분명 본 맹에 동맹 제의를 했을 텐데? 그것을 수
락한 것뿐이네. 그렇다면 우리가 거절하기라도 바랐나?"

천마의 일침에 오히려 검황은 아무렇지도 않다는 듯이 답
했다.

검황 역시도 이 거대한 무림맹을 이끄는 수장인 만큼 정치
적인 부분에 있어서는 능구렁이였다. 천마의 일침이 무슨 의
미로 한 말인 줄 알고 있었지만 본질적인 부분을 흐려서 논점
을 벗어나게 했다.

하지만 검황 역시도 천마라는 인간을 몰랐다.

"그래? 그렇다면 본 교는 그 동맹 부탁이라는 것을 철회하
도록 하지."

"뭣? 동맹을 철회해?"

단호한 천마의 말에 순간 검황은 당혹감을 감추지 못했다.

동맹 관계라는 것이 손바닥 뒤집듯이 바꾸는 것이 아님에도 불구하고 천마는 마치 기분이 내키지 않는다는 듯이 철회한다고 말했다.

"허언 같나, 검황?"

천마의 눈빛에는 어떠한 흔들림도 없었다.

이에 검황은 천마를 바라보며 어처구니가 없다는 듯이 고개를 절레절레 흔들었다.

"자네는 어떤 식으로든 지는 것을 싫어하는군."

"성인군자의 탈을 쓴 정파 나부랭이만 할까."

"자네와 말싸움을 해봐야 본좌가 손해를 볼 뿐이니 어쩔 도리가 없군."

여기서 마교와 동맹이 성사되지 않는다면 사파 연맹과 더불어 큰 적을 하나 더 만드는 셈이다.

검황이 다시 정도의 인사들을 바라보며 정정했다.

"본 맹은 귀 교의 제의에 따라 동맹을 받아들였네. 이제 되었나?"

"흥!"

아까처럼 큰 목소리로 공표한 것은 아니었지만 자존심을 포기한 검황의 양보에 천마는 더 이상의 논쟁을 벌이지 않았다.

이로써 무림맹과 마교는 한시적이지만 동맹 관계를 맺게 되었다.

"이제 동맹이 성립되었으니 절차대로 세부 사항을 논의하는 자리를 가져야 합니다."

"그렇군. 그럼 회의실로 가도록 하세나."

현재 무림맹에서 군사직을 맡고 있는 제갈세가의 가주인 제갈태의 말에 검황이 고개를 끄덕이며 대전의 우측 편에 있는 대회의실을 가리켰다.

"잠깐, 그전에 먼저 줘야 할 것이 있지 않나?"

천마의 말에 검황이 인상을 찌푸렸다.

그가 무엇을 요구하는지 곧바로 알아들었기 때문이다.

검문은 무림 일통 당시 삼대 세력을 꺾으면서 각 파가 가지고 있는 상징적인 보물들을 전리품으로 징수했다.

그중 으뜸이라 할 수 있는 것은 바로 마교의 상징이라 불리는 천마검이었다.

천마가 두 눈을 감고 원영신을 열어 무림맹 전체를 살폈다.

"이 밑에서 아주 선명하게 느껴지는군."

'검의 위치까지 느낀 건가?'

만년한철로 만들어졌고 천마를 비롯한 역대 마교 교주들의 손을 타고 내려온 절세마검인 천마검은 무림맹 대전의 지하 전리품 보관소에 있었다.

검집에서부터 풍겨지는 강대한 마기를 제어하기 위해 수많은 불상과 함께 넣어놨는데 그 미세한 기운을 천마는 감지한 것이다.

"흐음."

이 부분만큼은 자연스럽게 넘어가려 한 검황이 신음성을 흘렸다.

마교에 천마검을 다시 돌려주게 된다면 완전하게 무림맹이 그들을 인정하는 셈이 되어버린다.

"분명 동맹의 조건에 천마검도 있을 텐데?"

"그건……"

"설마 검선의 후예가 한 입으로 두말을 하지는 않겠지?"

천마의 입에서 거론된 검선이라는 말에 검황의 눈빛이 흔들렸다.

검문의 역대 문주들은 사문의 조사인 검선의 의지를 받들어왔기에 그 이름은 어떤 의미로는 신앙적인 존재와도 같았다.

'이자가 어떻게 우리 문의 조사님을 아는지는 몰라도 그분을 욕보일 순 없지.'

검문은 원래 일인전승으로 내려오는 문파였다.

검황 때에 와서 무림 일통을 외치면서 그 세력이 크게 확장되었지만 원래는 무로써 선도(仙道)를 지향했기에 그 모습을 잘 드러내지 않는 신비 문파였다.

그래서 그들의 조사가 검선임을 아는 이들은 극소수에 불과했다.

검황이 정도 무림 인사들의 한쪽 편에 서 있는 중년의 비구니를 불렀다.

"현명 사태."

"무량수불, 말씀하시지요, 맹주."

"지하 창고에서 천마검을 가져와 주시게."

"하나… 맹주, 그 검은……."

사실 어제 회의에서 동맹을 체결하되 천마검을 넘기는 일은 유보하자는 것으로 의견이 모아졌다. 그것을 무림맹에서 보관하는 것이 정파의 위신을 살리고 우위를 선점하는 상징으로 남기 때문이다.

[우리의 입으로 한 약조를 어긴다면 무림 동도들이 어찌 생각하겠소.]

검황의 전음을 들은 현명 사태는 결국 이를 받아들여야 했다.

아미파의 세 장로 중 한 명인 현명 사태는 무림맹의 전리품 보관을 담당하고 있었다.

소림과 더불어 불도를 지향하는 문파이고 속세의 물건에 욕심이 없어서 모두가 동의한 자리였다.

"무량수불… 무량수불. 알겠나이다."

맹주의 뜻이 강경하니 이를 따를 수밖에 없었다.

현명 사태는 천마검을 가지고 오기 위해 대전의 지하실로 내려갔다.

횃불이 일렬로 늘어서 주위를 밝히는 지하실은 수많은 전리품을 보관하기 위해 여러 석실로 나누어져 있었다.

전리품이 각 문파의 보물들이다 보니 닫힌 석실 문틈 사이로 현묘한 기운이 흘러나오고 있었다.

고오오오오!

그중 가장 맨 안쪽 석실로 다가가자 짙은 어둠이 느껴졌다.

'기이한 일이로다.'

"무량수불!"

현명 사태는 석실 안쪽에서 느껴지는 소름 끼치는 마기에 불경을 읊었다.

강한 불심이 담긴 항마기가 그녀의 몸에서 흘러나오며 석실 안에서 흘러나오는 마기를 억제시켰다.

달칵!

순간 석실 문을 열고 들어선 현명 사태의 눈빛에 경악이 서렸다.

천마검의 천 년 마기를 억제하기 위해 석실 전체에 놓아둔 열두 개의 불상에 전부 금이 가 있는 것이다.

불과 두 달 전에 왔을 때만 하더라도 멀쩡하던 불상에 금이 가 있으니 그야말로 섬뜩한 징조였다.

'아아, 그야말로 흉성의 징조로다.'

그 석실의 한가운데에 천마검이 꼿꼿하게 서서 그녀를 맞이하고 있었다.

그녀는 항마기를 최대한 발산해 양손에 기를 모아 마기가 흘러나오는 천마검을 뽑았다.

검에서 강한 마기가 흘러나오며 그녀의 손으로 침투하려 했지만 사십여 년간이나 불문의 무공을 익힌 그녀를 쉽게 물들일 수는 없었다.

'진기의 소모가 심하구나. 아아아, 이런 마검을 다시 마교에 넘겨주면 어떤 사태가 벌어질지 짐작하기도 힘들구나.'

그녀는 인고하며 검을 운반했다.

얼마 있지 않아 대전의 지하실에서 현명 사태가 천마검을 가지고 나왔다.

그러나.

쿵!

"헛? 현명 사태!"

검을 가지고 나온 그녀는 너무 많은 기운을 소진해 결국 쓰러지고 말았다.

댕그랑!

바닥에 떨어진 천마검에서 소름 끼치는 마기가 풍겨 나왔다.

남마검 마중달로부터 천마검을 받을 때는 현천집이라는 무기 보관함에 넣어 있었는데 이것이 만년한철로 만들어져서 천마검이 내뿜는 마기를 제어하는 역할을 했다.

"무슨 검에서 이런 마기가……?"

단순히 보관함으로 사용하기에는 현천집의 만년한철을 아까워한 검황이 이를 녹여 하나의 갑주와 무구를 만들어냈다.

그 무구는 대제자인 종현이 들고 있는 오청검이고, 갑주는 선천명갑이라 하여 검황 자신이 취했다.

'저걸 보관함 없이 그냥 들고 오다니.'

천여휘가 현천집이 없는 천마검을 보면서 혀를 찼다.

천마검은 우화등선하기 전에 조사 천마가 그동안 갈고닦은 마기를 전부 주입시킨 검이다.

현천신공을 연마한 역대 교주들조차도 평소에는 검을 들고 있기 힘들기에 현천집에 보관했는데, 그것을 맨손으로 들고 왔으니 내상을 입지 않는 것이 이상한 일이었다.

"가서 검을 취해라."

"네?"

"어차피 언젠가는 네가 가져야 할 검이다."

천마의 말대로 나중에 교주의 자리를 물려받으면 천마검은 자연스럽게 그의 것이 된다.

어차피 천마검을 제대로 쥘 수 있는 것은 현천신공을 연마한 마교의 교주들뿐이기에 천여휘 역시도 가능했다.

"알겠습니다."

섬뜩한 마기를 풍기는 천마검을 취하기 위해 천여휘가 다가갔다.

그런데 그 순간 누구도 예상하지 못한 일이 일어나고 말았다.

검을 주우려는 순간, 바닥에 쓰러져 있던 현명 사태가 무섭게 눈을 번쩍 뜨더니 천마검을 낚아채 천여휘가 미처 방비하기도 전에 그의 복부를 찌른 것이다.

푹!

"크헉!"

무방비로 천마검에 찔린 천여휘의 입에서 붉은 선혈이 튀어나왔다.

"네놈들의 뜻대로 이런 사악한 마검을 돌려줄 성싶으냐! 죽어라!"

찌른 검을 비틀려고 하는 현명 사태의 두 눈에서는 어느새 불심이 사라지고 짙은 살기가 뿜어져 나오고 있었다.

천여휘의 등을 뚫고 나온 날카로운 천마검의 검날.

갑작스러운 일격에 천여휘는 놀란 눈으로 선혈을 토해냈다.

"현명 사태!"

검황이 당혹스러운 목소리로 소리쳤다.

바로 가까이에 있던 검황조차도 전혀 예상하지 못한 일이었다.

아미파의 현명 사태는 무림맹 내에서도 가장 온건파에 속하면서 불문에서도 존경받는 인사였다.

그런 그녀가 갑자기 살기를 발산하며 마교의 소교주를 찔렀으니 도무지 이해할 수 없는 사태였다.

현명 사태는 확실하게 천여휘를 죽이려는지 검을 비틀어서 횡으로 그으려 했다.

그러나.

"누구 마음대로!"

촤악!

그녀가 손에 힘을 주기도 전에 손목이 날아가 버렸다.

천마가 검지로 검기를 일으켜 그녀의 손목을 잘라 버린 것이다.

"끄윽! 어림없다!"

손목이 잘렸음에도 현명 사태는 이를 멈추지 않고 반대쪽 손으로 검을 잡으려했다.

복부를 꿰뚫린 고통에 잠시 넋을 놓고 있던 천여휘 역시도 목숨이 경각에 달하자 제정신을 차렸다.

퍽!

"크헉!"

천여휘는 고통을 참고 최대 공력으로 현명 사태의 안면을 주먹으로 내려쳤다.

공력이 실린 주먹에 현명 사태의 안면이 일그러지며 뒤로 나자빠졌다.

안면이 함몰되어서 코피가 흘러내리는 데도 현명 사태는 고통을 느끼지 않는 사람처럼 벌떡 일어나 광기를 보였다.

"쿨럭쿨럭! 사악한… 사악한 마인을 죽여야 해!"

'저 눈?'

검황은 이 같은 사태를 도저히 이해할 수가 없었다.

불도인으로 불심이 깊은 그녀가 이런 살기를 내뿜는 것을 처음 보았기 때문이다.

'일단 그녀를 제압해야겠다.'

이러다간 괜히 마교 측의 오해를 사서 동맹에 차질이 빚어질 수도 있었다.

바로 그때였다.

정도 무림 인사들 사이에서 누군가가 큰 소리로 외쳤다.

"현명 사태께서 먼저 신호를 보내셨다! 간악한 마교 놈들을 쳐라!"

"뭐?"

검황의 두 눈이 커졌다.

"와아아아아아!"

"마교 놈들을 죽여라!"

마치 계획이라도 한 것처럼 한 사람이 외치자 중소 문파와 방파의 인사들이 검과 도를 빼들고 천마와 이 장로를 향해 달려들었다.

이 같은 사태를 전혀 예측하지 못한 것은 검황뿐만이 아니었다.

무당파와 화산파, 개방, 곤륜파, 모용세가, 남궁세가, 황보세가의 수장들과 몇몇 중소 문파의 수장들 역시 갑작스러운 사태에 당혹감을 감추지 못했다.

"이게 대체 무슨 일이오?"

어제만 하더라도 다 같이 동맹을 맺기로 합의를 봤는데, 이들의 전의와 살기만 보면 마치 애초부터 이들을 함정에 빠뜨리기 위해 준비한 것 같았다.

종남파의 장문인인 종남검협 이종찬이 부상을 입은 천여휘를 향해 검을 찔렀다.

"크읍!"

천여휘는 검이 꽂힌 상태로 보법을 펼쳐 그의 일검을 피해냈다.

심각한 부상이었기에 피하지 못할 거라 여긴 이종찬은 의외라 생각했는지 그를 칭찬했다.

"그래도 마교의 소교주답구려! 하나 여기서 죽어줘야겠소!"

종남파의 검법은 쾌검류에 속한다.

이종찬이 종남파의 장문인만이 익히는 천성쾌검(天星快劍)의 절초를 펼쳤다.

빠른 검세가 순식간에 천여휘의 일곱 개의 요혈을 찔러들어 갔다.

'거, 검만 아니면 대응할 텐데.'

복부에 꽂힌 천마검만 아니라면 움직임이 원활하겠지만 통증이 너무 심했다.

지금으로써는 피하는 것 외에는 답이 없었다.

"그렇게 한다고 죽음을 피할 수 있을 것 같소!"

보법으로 있는 힘을 다해 검초를 피하는 천여휘를 이종찬이 도발했다.

그때 방심하고 있는 이종찬의 옆구리를 누군가 검으로 찔렀다.

푹!

"크헉!"

놀란 이종찬이 옆을 쳐다보니 어느새 다가온 마교의 이 장로가 그를 기습적으로 찌른 것이었다.

"이, 이 비겁한!"

"네놈이야말로 비겁하게 부상을 입은 소교주를 노리지 않았느냐!"

노기가 서린 이 장로의 일갈에 이종찬은 아무런 답도 할 수가 없었다.

정도를 위한 일이라고 여겼지만 그 역시도 부상자를 공격하는 것에서 수치심을 느꼈기 때문이다.

"죽어랏!"

촤아아악!

"컥!"

이 장로는 망설이지 않고 내공을 끌어 올려 이종찬의 복부를 베었다.

옆구리가 반 이상 잘려 나간 이종찬은 단말마의 비명과 함께 그대로 절명하고 말았다.

한편, 수많은 중소 문파의 수장들이 일제히 천마를 향해 합공을 펼쳤다.

그가 오황에 버금가는 절대 고수임을 알기에 합공을 해서라도 없애기 위함이었다.

그러나.

"간교한 짓거리를 하는군."

천마가 차갑게 식은 눈빛으로 일장을 휘두르자 웅후한 장세가 일어나며 사방으로 퍼져 나가 그를 공격하는 수장들을 튕겨냈다.

"크헉!"

아무리 각 파의 수장들이라고는 하나 천마와의 무공의 간극이 컸다.

내공에서 현저하게 밀리니 일장의 위력을 감당하기 힘들었다.

장세를 맞은 중소 문파의 수장들 중 무공이 약한 이들이 피를 토해내며 바닥에 쓰러졌다.

"괴, 괴물……."

"이게 정녕 인간이란 말인가?"

믿을 수가 없었다.

합공이라면 초절정 이상의 무위를 지닌 수장들의 공세를 받기 힘들 거라 여겼는데, 오히려 천마의 일장에 전부 나가떨어졌으니 두려울 만도 했다.

"이래서 중소 문파에 맡길 일이 아니군."

그들의 합공을 지켜보고만 있던 대문파의 수장들이 기다렸다는 듯이 나섰다.

가장 먼저 천마에게 달려든 이는 형산파의 장로인 육평자였다.

화경의 고수인 육평자는 장법의 고수로 천마가 펼친 일장에 호승심을 느끼고 장법 대결을 유도했다.

"마교의 고수여! 나와 장법을 논해봅시다!"

육평자의 장강이 실린 절초가 천마에게로 쇄도해 왔다.

평소의 천마라면 어느 정도 상대의 초식을 받아쳤겠지만 지금은 정도 무림의 수장들이 파놓은 함정 때문에 노기가 치솟은 상태였다.

"짜증나게 하지 마라."

"뭐?"

팡! 쾅!

천마는 절묘한 보법으로 단숨에 육평자의 간격을 파고들어 심장에 일장을 먹였다.

그 장력에 실린 공력이 어찌나 강했는지 육평자가 선혈을 토해내며 날려가 벽에 꽂히고 말았다.

"죽어랏!"

이어서 산서성의 명문가인 산서유가의 유대윤이 천마의 뒤쪽에서 기습적인 일격을 가했다. 천마의 등 뒤에 검을 꽂았다고 생각했는데 그의 신형이 사라졌다.

"헛? 이, 이형환위?"

이형환위(移形換位).

신형의 움직임이 빨라서 안개처럼 흩어지는 현상을 말한다.

어느새 사라졌던 천마는 마찬가지로 기습을 노린 유대윤의 뒤쪽에 나타나 그의 양쪽 팔목을 붙잡더니 그대로 뽑아버렸다.

좌악!

"끄아아아아아악!"

양팔이 뽑힌 유대윤이 분수처럼 피를 쏟아내며 꼭두각시 인형처럼 비틀거리다 쓰러졌다.

천마의 너무도 잔인한 일수에 그를 공격하려던 수장들의 얼굴이 창백해지며 일순간 할 말을 잃고 말았다.

"어, 어찌 이런 잔인한 수를!"

"까불지 마라. 네놈들이 먼저 덤빈 거다."

쏴아아아!

지독할 정도로 엄청난 살기가 사방에서 몰아치며 천마를 둘러싼 각 파의 수장들의 심장을 옥죄었다.

그들은 천마라는 인간에 대해서 전혀 몰랐다.

천마는 적에 관해서는 일절 자비를 베푸는 사람이 아니었다.

유대윤의 기습이 통했다면 곧장 독수를 펼치려고 대기하고 있던 사천당문의 부가주인 당호경조차 전의를 상실하고 손에 쥐고 있던 암기를 떨어뜨리고 말았다.

"시작은 네놈들이다. 후회하지 마라."

그들이 전의를 상실했다는 것은 중요하지 않았다.

어차피 동맹이 틀어진 마당에 천마는 이참에 다시는 어리석은 짓거리를 하지 못하도록 정도 무림의 인사들을 전부 없애 버리기로 작정했다.

"일단 허튼수작을 부리려고 한 네놈부터다."

눈 깜빡할 사이에 천마의 신형이 당호경의 앞에 도달했다.

"헛?"

당황한 당호경이 뒤로 보법을 펼치며 피하려 들었지만 천마의 일장이 더욱 빨랐다.

그의 가슴으로 천마의 일장이 닿으려는 순간이었다.

"멈추시게!"

어느새 그의 옆으로 다가온 검황이 검지로 천마의 요혈을 노렸다.

천마는 변초를 써서 검황의 검지를 현천유장의 부드러운 장세로 튕겨냈다.

촤아아아악!

과연 검황의 검지에서 나온 검기의 위력은 여느 검수들과는 차원이 달랐다.

검기가 무림맹 대전 천장의 반을 가를 정도였다.

그사이에 검황은 당호경의 앞에 서서 그를 가로막았다.

이대로 내버려 두었다간 정파 인사들이 전부 도륙될 것 같았기에 맹주로서 더 이상 방관할 수 없었던 것이다.

"이젠 네놈이 나서는 것이냐?"

천마가 살기 어린 목소리로 검황에게 묻자 그가 난색을 표하며 말했다.

"아니네. 자네와 싸우려는 것이 아니라 오해를 풀려고 하는 것이네."

검황의 오해라는 말에 천마가 어이가 없다는 말투로 말했다.

"지금 저 상황을 두고 하는 말이냐?"

천마가 손가락으로 가리킨 곳에는 천마검에 찔린 천여휘가 힘겹게 벽에 기대고 있고, 그것을 이 장로가 호법이 되어 지키고 있었다.

그 앞에는 중소 문파의 수장들이 전공을 다투듯이 소교주 천여휘의 목을 베기 위해 그들을 압박하고 있었다.

'하아……'

부끄럽다 못해서 참담함을 느꼈다.

아무리 검문을 위해 야욕을 펼치는 검황이라고는 하나 이건 아니었다.

정도인으로서 도저히 용납할 수 없는 일이었다.

"당장 멈추지 못할까!"

대전 전체에 울려 퍼지는 쩌렁쩌렁한 검황의 내공이 실린 외침에 모든 문파의 사람들이 공격하던 것을 멈췄다.

"동맹을 논하는 자리에 이게 무슨 짓들인가!"

노기가 섞인 검황의 몸에서 엄청난 기세가 뿜어져 나왔다.

자신의 경고를 무시하는 자는 대가를 치르게 하겠다는 의지를 보인 것이다.

검황의 이런 기세에 두려움을 느낀 각 파의 고수들이 무기들을 거둬들였다.

분위기가 반전되자 검황이 다시 천마에게 부드러운 목소리로 말했다.

"자네도 부디 멈춰주시게."

"웃기는군. 싸움의 시작도 끝도 네놈들 뜻대로 하겠다는 것이냐?"

"그게 아니네. 자네도 보지 않았나? 현명 사태의 몸에 마기가 침투된 것을."

현명 사태는 혈도가 제압되어 움직이지 못하고 있었다.

하나 아혈을 막은 것은 아니었기에 광기에 젖어 미친 듯이 외쳐댔다.

"마인들을 죽여야 해! 전부 죽여야 한다고!"

불도인의 모습은 사라지고 어느새 마기마저 풍기고 있었다.

사태를 수습하기 전 검황이 오해를 풀기 위해 우선 현명 사태를 제압한 것이다.

"보시게. 모든 것은 오해일세."

"오해? 그래, 저 비구니가 마기에 침투된 것은 그렇다 치고, 이렇게 중무장하고 미리 대기하고 있다가 합공을 한 게 오해라고 말하나?"

'미리 무장을 해?'

천마의 정곡을 찌르는 일침에 검황의 눈빛이 흔들렸다.

짧은 찰나의 순간에 검황의 머릿속에 어제 회의 때 있던 일들이 스치고 지나갔다.

회의가 마무리될 무렵, 군사인 제갈태는 혹시나 마교 측에서 천마검 반환을 하지 않을 경우 반발이 있을 수도 있으니 안전을 위해 무장을 갖추자고 말했다.

각 파의 수장들도 그 말에 동의했기에 대전에 무장을 하고 참석한 것이다.

'이럴 수가……'

그리고 현명 사태가 마기가 침투해 돌발 행동을 하자마자 기다렸다는 듯이 누군가 외쳤다.

'현명 사태께서 먼저 신호를 보내셨다! 간악한 마교 놈들을 쳐라!'

워낙 갑작스럽게 벌어진 일이라 생각지 못했는데 그 목소리는 분명 제갈태가 틀림없었다.

그 외침만 없었어도 이런 사태가 벌어지진 않았을 것이다.

"제갈태!"

검황이 눈을 번뜩이며 사람들 가운데서 제갈태를 찾았다.

그러나 언제 사라졌는지 대전 내에는 제갈태를 비롯한 몇몇 문파 사람들의 모습이 보이지 않았다.

67장
천마 대 검황

'어디에 있는 거지?'

검황이 기감을 열어 제갈태를 찾았지만 이미 그의 기는 이곳 무림맹의 성 내에서 사라진 지 오래였다.

원래 검황의 무위라면 그의 반경에서 자취를 감추는 것은 불가능에 가까웠다.

하지만 자신과 동급이거나 혹은 그 이상의 무위를 지닌 천마에게 온 신경을 쏟으면서 제갈태를 비롯한 몇몇 문파 사람들의 종적을 놓치고 말았다.

'이게 노림수였나?'

동맹은커녕 마교와의 관계가 최악으로 치닫게 되었다.

어떤 식으로 해명하든 무림맹에서 함정을 파고 마교의 소교주에게 중상을 입히고 죽이려 했다는 사실은 변하지 않는다.

'어떻게 해야 하는가?'

마땅한 방법을 찾아도 원만한 해결책이 없었다.

오해를 풀려면 제갈태를 비롯한 내부에서 갈등을 조장한 존재들을 잡아야 하는데 그들은 이미 모습조차 보이지 않았다.

그렇다면 결과적으로 마교와 부딪치게 되고, 무림맹은 사파 연맹 이상의 적을 얻게 되는 셈이다.

'마교와 사파 연맹을 동시에 적으로 만든다고 쳐도 문제구나.'

힘의 논리가 적용되는 무림이라고 해도 결국 사람이 사는 사회이다.

적어도 마교와 동맹이 결렬되는 것이 무림맹의 잘못이 아니라는 명분을 만들지 못한다면 삼대 세력 외의 모든 중원무림인들의 지탄을 받게 될 것이다.

그들이 먼저 마교를 자극한 것이 아니라는 사실을 만들기 위해서는 대전 내에 있는 마교인들을 전부 죽여야 하는데 그러기에는……

고오오오!

천마에게서 느껴지는 소름 끼치는 기세가 오황인 그 자신조차도 승패를 가늠하지 못하게 만들었다.

"잔머리 굴리지 마라, 검황."

당혹스러워하던 검황이 어느 순간부터 자신의 허점을 찾기 시작했음을 느낀 천마였다.

검황이 그런 천마의 경고에 허탈하게 웃었다.

"허허, 뭐라고 한들 이 상황에서 정답은 하나뿐이네그려."

"결정을 내렸나 보군."

"동맹은 결렬되었네. 자네들을 여기서 놓아줄 수 없게 되었어."

그 말을 끝으로 검황의 몸에서 지금까지와는 비교도 할 수 없을 강한 기세가 뿜어져 나왔다.

쏴아아아아!

"우웃!"

대전에 있는 정도 무림의 인사들 입에서 신음성이 터져 나왔다.

천마의 기세가 심장을 움켜쥐는 듯한 두려움을 느끼게 만들었다면, 검황은 대전 내를 마치 짓누르는 듯한 무거움을 자아내고 있었다.

화경에 이르지 못한 고수들은 그 기운을 감당하기 힘들었

는지 안색이 창백해져 이내 바닥에 털썩 주저앉아 운기에 들
어갔다.

"물러들 나게."

검황의 경고에 무림의 인사들이 대전의 벽 끝으로 물러났
다.

이 정도 기세라면 두 절대 고수 간의 대결의 여파는 상상을
초월할 것이다.

"창천."

검황이 오른손을 들어 올리자 심후한 공력이 일어나며 푸
른 검집에서 기다리고 있던 창천검이 뽑혀 나와 그 모습을 드
러냈다.

고조되었던 창천검에서 강렬한 선기가 뿜어져 나오며 대전
을 가득 메웠다.

"정말 오랜만이군. 크큭."

창천검에서 뿜어져 나오는 청아한 선기가 천마의 전의를 자
극했다.

천 년 전 검선이 우화등선하기 전 마지막으로 겨뤘을 때 이
후로 오랜만에 느껴보는 선천공의 기운이었다.

설유라가 펼치는 어설픈 선천공과는 비교하기도 힘들었다.

드르르르르!

이를 느꼈는지 천마의 허리춤에 있는 검집 역시도 심하게

흔들렸다.

'현천 네 녀석도 기대가 큰가 보구나.'

천마검 역시도 오랜 세월 동안 천마의 손에서 창천검과 싸워왔지만 현천검은 그 기원을 달리 했다.

천 년 전, 북해 궁가의 대성사는 일 년이라는 기간을 들여 두 개의 검을 주조했다.

대성사는 이 두 검을 주조하면서 다시는 이러한 검을 만들 수 없을 거라고 장담했을 만큼 그 인생에 있어 최고의 명검을 주조해 냈다.

그것이 바로 창천(蒼天)과 현천(玄天)이다.

현천검이 마맥을 봉인하기 전, 검시(劍試)를 위해 대결한 것이 바로 창천검이었다.

그 후로 천 년 만에 두 검이 재회하는 순간이었다.

챙!

검집에서 묵빛 검신의 현천검이 모습을 드러냈다.

서로 자웅이라도 겨루려는지 창천검에서 뿜어져 나오는 선기 못지않은 강렬한 마기가 현천검의 검신에서 뿜어져 나왔다.

우우우웅!

두 검이 검명을 토해냈다.

천 년 만에 양대 절대 보검이 만나게 되니 대전 내는 그야말로 선기와 마기가 양립하는 형태가 되었다.

일촉즉발의 상황 속에서 모두가 구석 편으로 물러났으리라 여겼는데, 여전히 사천당가의 부가주인 당호경이 멍한 눈빛으로 서 있었다.

"뭐 하는 겐가, 당 부가주? 저쪽으로 물러나게."

검황의 경고에도 불구하고 당호경은 아무 말이 없었다.

오히려 그 눈알을 이리저리 움직이며 뭔가를 말하고 싶어 했다.

"아?"

검황은 그제야 당호경이 혈도가 제압되어 움직이지 못한다는 것을 알아챘다.

중간에 나서서 당호경을 보호했다고 생각했는데, 그 짧은 새에 천마가 그의 혈도를 점한 것이다.

타타타타탁!

검황이 혈을 풀기 위해 당호경의 가슴 혈을 두드렸다.

그러나 생각보다 복잡한 천마의 점혈을 한순간에 풀어내기 어려웠다.

"어쩔 수가 없군. 조금 있다가 풀어주겠네."

검황이 부드러운 장력으로 장세를 일으키자 당호경의 굳어 있는 몸이 밀려나가 대전 구석 편으로 안착했다.

"충분히 기다려 준 것 같군."

천마의 말에 검황이 고개를 끄덕이며 검 끝을 들어 올렸다.

창천검의 검 끝이 천마에게로 향하자 수천 개의 검이 그를 압박하는 듯한 착각이 들었다.

천마 역시도 현천검의 검 끝을 검황에게로 겨누었는데, 일순간에 절벽 끝으로 내몰린 것 같은 착각이 들게 만들었다.

'마검을 떠나서 엄청난 명검이구나.'

검황은 내심 감탄을 금치 못했다.

절대 보검을 사용하는 같은 조건 속에서 승부의 판가름은 무위에서 결정 난다.

모두가 지켜보는 상황이었기에 검황이 담담한 목소리로 천마에게 말했다.

"선공을 양보하겠네."

그것은 일종의 자존심이었다.

천마의 무위가 뛰어난 것은 눈으로 확인했지만, 검황 자신은 명색이 무림에서 오황의 일인이자 정도 무림의 정점으로 불렸다.

그런 그가 적대 세력이라고는 하나 한참이나 연배가 어려 보이는 천마를 상대로 선공을 한다는 것은 자존심이 용납하지 않았다.

"쯧, 쓸데없는 허세는."

"뭐?"

그런 검황을 비웃기라도 하듯 천마의 신형이 어느새 그의 코앞으로 다가왔다.

천마는 이런 생사의 대결에 있어서 선공이니 후공이니 하는 것에 의의를 두지 않았다.

"일단 목부터!"

천마의 검이 그의 목을 베려고 하자 검황이 창천검으로 이를 가볍게 막아내고 반대 손의 검지로 천마의 미간 요혈을 노렸다.

파곽!

그것은 마찬가지로 천마의 왼손 검지에 부딪치며 제지되었다.

두 양대 고수의 검지가 부딪치자 그들이 서 있는 대전 바닥이 으스러지며 마기와 선기가 실린 검기가 사방으로 뻗어나갔다.

촤촤촤악!

"어, 엄청난 검기다!"

"피하게나!"

두 검기의 여파에 이를 지켜보는 정도 무림의 인사들은 호신강기를 펼치거나 이를 피해야만 했다.

단순한 검기에 불과했지만 그 예리함은 검강 못지않았다.

"하압!"

검황의 손이 빨라지며 일순간에 절묘한 검 초식 다섯 가지를 동시에 펼쳤다.

얼마나 빠른지 검황의 신형이 다섯으로 보일 정도였다.

"제법이군."

처음 보는 검법으로 보아 즉흥적으로 만든 것 같았다.

천마 역시도 그에 부응하듯이 즉흥적으로 빠른 쾌검을 펼쳐 다섯 검초를 막아냈다.

채채채채채챙!

짧은 찰나에 두 사람은 검초를 나누었다.

어찌나 쾌검이었는지 대결을 지켜보는 이들이 육안으로 전부 파악하기 힘들 정도였다.

"빠, 빠르다."

"대단해. 맹주에게 전혀 밀리지 않네."

모두가 이 짧은 초식 교환에서 느껴지는 두 사람의 검술 실력에 감탄을 금치 못했다.

검황의 눈이 이채를 띠었다.

그가 무림에 출도한 이래로 자신의 검을 이렇게 쉽게 막아내는 건 처음이었다.

비록 유성검법을 펼친 것은 아니었지만 그 정도 되는 검의 고수라면 당장에 만드는 초식도 절초에 가까웠다.

'어디에 이런 괴물이 숨어 있었지?'

검가의 명문이라 불리는 무당파와 화산파의 고수들조차 검황에게서 오 초식 이상을 받아낸 이가 드물었는데 눈앞의 남자는 달랐다.

인정하지 않고 싶었지만 어쩌면 검술로 자신과 버금가는 실력일지도 몰랐다.

'그렇다면 공력은 어떨까?'

외양만으로 봤을 때는 갓 약관을 넘겼을 것 같이 젊었다.

그렇다면 그리 긴 세월 동안 무공을 단련했을 것 같지는 않았다.

탁!

"응?"

검황의 검이 천마의 현천검 끝에 자석처럼 달라붙었다.

내공으로 착(着)을 펼쳐서 검을 유착시킨 것이다.

검이 붙은 상태로 검황은 창천검에 강한 공력을 실어 중검술을 펼치고 무겁게 천마의 검을 짓눌렀다.

'공력 대결을 유도하는 건가?'

무공에서 현경의 경지에 오른 고수들은 대자연의 기운을 끌어낼 수 있기에 특별히 내공의 제한이 없다.

그러나 얼마나 공력을 단련했느냐에 따라서 그 공력의 차는 존재했다.

검황이 노린 것은 바로 그 공력의 대결이었다.

우우우웅!

수십 년을 단련한 검황의 정순한 공력은 그야말로 내가의 정점이라 불릴 만큼 엄청났다.

순수한 공력으로만 친다면 천마가 부활한 이래 여태껏 만나본 무인 중에 가히 최고라 불려도 과언이 아닐 정도였다.

'그래도 검선의 제자라 이건가.'

천마는 내심 감탄을 금치 못했다.

부활한 이후로 빠르게 원래의 무위를 회복하고 있는 천마였지만 공력이나 외공만큼은 긴 세월 동안의 단련이 필요했기에 기존의 오황에 비해서 부족한 것이 사실이었다.

콰득!

검황이 더욱 공력을 끌어내자 천마의 발이 바닥을 파고들었다.

적어도 한 갑자 이상의 공력 차가 나기에 이를 극복할 방도가 없었다.

공력에서 우위를 점했다고 생각한 검황의 눈빛에 희색이 감돌았으나 이것이 끝이 아니었다.

"아니?"

덜덜덜!

검을 유착시킨 상태에서 공력으로 짓누르자 천마의 검이 서서히 위로 들어 올려졌다.

분명 검황의 공력이 우위였는데 믿을 수 없는 일이 일어난 것이다.

'이게 대체 무슨……?'

파스스스스!

천마의 파인 발밑을 중심으로 바닥이 갈라지며 대전 전체로 퍼져 나갔다.

그것은 천마가 공력으로 대응하는 것을 멈추고 이를 바닥으로 흘려보낸 것이다.

'이런, 기를 흘려보내다니?'

같은 현경의 고수와의 대결이 드문 검황이었기에 간과한 사실이 있었다.

현경 이상의 고수들이 외부의 기인 대자연의 기를 끌어 올 수 있다는 것은 반대로 그 육신이 받은 기를 외부로 흘려보낼 수 있다는 말도 된다.

그렇기에 현경 이상의 절대 고수들의 내공 대결은 무의미해 결국 초식으로 승부가 날 수밖에 없었다.

"검황 네놈, 공력만큼 그 힘도 강할까?"

"헛?"

천마는 검 끝으로 유입되는 검황의 공력을 흘려보내면서 유착된 검을 오른손의 순수한 완력으로 들어 올렸다.

"무, 무슨 힘이 이렇게……."

천마의 오른팔은 외공의 정점이라 불리는 북호투황의 것이다.

수십 년간 외가무공을 단련한 팔답게 그 힘은 거의 괴력에 가까울 만큼 강했다.

외공 단련에도 게으름을 피우지 않은 검황이지만 북호투황의 힘에 비할 바는 아니었다.

'안 되겠다!'

챙! 타탁!

검황이 결국 내공으로 유착한 검을 떼고 두 보가량 거리를 벌렸다.

공력 대결에서 우위를 점할 거라 여기던 검황이 먼저 물러나자 이를 지켜보는 정도 무림의 인사들 얼굴에 그늘이 드리워졌다.

'미련한 짓이었군.'

공력 대결을 유도한 것이 자신의 실수임을 검황은 인정했다.

상대가 젊기에 혹시나 하는 의혹을 가졌지만 그는 확실하게 현경의 고수가 틀림없었다.

그동안 그가 상대한 현경의 고수가 드물었기에 공력 대결이 통할 거라고 생각했지만 의미가 없었다.

'오른손의 힘이 상상을 초월하는군. 마치 그자와 같지 않은가.'

검황이 유일하게 대결해 본 현경의 고수는 오직 북호투황뿐이었다.

북호투황의 상상을 초월하는 외공의 힘에 경외를 표했는데, 천마의 오른팔에 실린 힘에 그가 떠올랐다.

이상한 일이었지만 지금 중요한 것은 눈앞의 적을 없애는 일이었다.

'검으로 제압하는 수밖에 없겠군.'

그의 별호가 검황이다.

검의 황제라는 칭호를 얻기까지 얼마나 많은 검객들을 꺾었는지 모른다.

검에 있어서만큼은 현 무림의 일인자를 자부하는 검황이었다.

"하압!"

이 보 떨어졌던 검황의 신형이 한 보 앞으로 파고들며 천마의 이마, 목, 가슴을 향해서 동시에 찔러들어 왔다.

정중선 삼 연격이라 하여 검술에 있어서 가장 널리 알려진 기본 초식 중의 하나이다.

검황 정도 되는 검의 고수가 정중선 삼 연격을 펼치니 그 위력이 보통이 아니었다.

콰콰쾅!

세 요혈을 동시에 노리는 삼 연격에 천마가 가볍게 보법으로 피하자 대전의 한쪽 대들보에 세 개의 커다란 구멍이 뚫렸다.

'호오?'

천마가 흥미롭다는 표정을 지었다.

특별히 검초에 강기를 실은 것도 아니었는데 검초에서 흘러나오는 예기만으로도 이런 위력을 내고 있었다.

검으로 경지에 올랐음을 보여주는 것이다.

'그럼 이건 어떨까?'

천마가 가볍게 검황이 있는 곳을 향해 검지를 긋자 검황이 마찬가지로 허공을 향해 검지를 그었다.

채채채쳉!

그러자 허공에서 병장기 부딪치는 소리와 함께 날카로운 예기가 튀어나와 그 주위 바닥에 검흔을 남겼다.

검황은 거기서 그치지 않고 천마를 향해 창천검을 던졌다.

단순히 던지는 것처럼 보였으나 천마를 향해 뻗어온 창천검은 유성검법의 절초를 펼치며 천마를 압박했다.

"이기어검!"

이를 알아본 정도 무림의 고수들이 소리쳤다.

현경의 고수답게 검황은 기로써 검을 부려 절초를 펼쳤다.

'유성검법의 성운검연(星運劍然)?'

드디어 나오는 유성검법의 초식에 천마의 눈이 이채를 띠었다.

그러나 직접적으로 펼치는 것이 아닌 이기어검만으로 검의를 전부 발휘하기에는 한계가 있었다.

"흥!"

실망한 천마는 그런 검황의 이기어검에 같은 방식으로 대응하지 않고 오히려 그대로 검초를 받아내기만 했다.

채채채챙!

놀랍게도 검초가 부딪칠 때마다 창천검의 움직임이 미묘하게 틀어지면서 검황의 얼굴에 당혹감이 서렸다.

기로써 부리는 검초에 검을 부딪칠 때마다 다른 기를 불어넣어 간섭이 생기자 검황이 보내는 기가 끊긴 것이다.

'이기어검에 간섭하다니?'

검황은 천마의 기재에 놀라움을 감추지 못했다.

이기어검이 통하지 않자 검황은 다시 검을 불러들여야 했다.

슈욱!

검황이 손을 뻗자 기의 연결이 약해져 있던 창천검이 다시 빨려들어 왔다.

"제대로 연마되지 않은 이기어검으로 내게 덤비다니 어지간히 우습게 보였군."

현경의 경지에 오른 검수들은 검을 기로써 부릴 수 있게 되는데, 그것이 바로 이기어검이다.

이기어검의 경우, 원격으로 검을 조정하기에 실제 손으로 펼치는 것보다 초식의 움직임이 자유로워서 상대자를 혼란에 빠뜨리기에는 더없이 좋은 수법이다.

하지만 실제 손으로 초식을 펼치는 것보다 그 위력이 반감되고 같은 경지에 이른 고수라면 간섭이 가능하기에 어지간한 수련을 하지 않으면 이기어검은 그저 견제용에 불과했다.

'동검귀 녀석 정도가 아니면 이기어검을 펼쳐봐야 무의미하지.'

동검귀 성진경은 사문의 척사검공 이외에도 긴 세월 동안 이기어검을 연마했기에 기의 간섭을 뿌리칠 수 있지만 검황은 아니었다.

"그렇군. 자네의 말이 맞네. 그럼 받아보게."

검황은 천마의 도발에 넘어가지 않고 이번에는 직접 유성검법의 절초를 펼쳤다.

검황이 대전의 허공으로 떠올라 떨어지는 유성처럼 패도적인 검세로 천마를 내려쳤다.

유성검법의 제이초식인 낙천유성(落天流星)이었다.

촤촤촤악!

유성처럼 떨어지는 패도적인 위력의 검세에 천마의 입꼬리가 올라갔다.

드디어 천 년 만에 제대로 된 유성검법을 보게 되었다.

'검선 녀석과는 다른 패도적인 맛이 있군.'

검선이 펼치는 낙천유성은 흐르는 별처럼 유연한 검세라면 검황은 모든 것을 파괴할 것만 같은 위력을 지니고 있었다.

"좋아!"

천마의 우렁찬 목소리와 함께 허공을 향해 신형이 튀어나가며 절세의 검초를 펼쳤다.

그것은 별리검법의 제일 초식인 검별유정(劍別有情)이었다.

초식에 감응한 현천검이 짙은 검은 마기를 토해내며 허공으로 흑빛 검세를 토해냈다.

'이건?'

난생처음 보는 검초에 검황의 눈빛이 흔들렸다.

하지만 그것도 잠시였다.

채채채채채챙!

두 사람의 절초가 부딪치며 허공에서 강한 파공음과 함께 사방에 새하얀 검기와 흑빛 검기가 수를 놓았다.

촤악!

"크헉!"

양립할 수 없는 두 검기가 부딪치면서 애꿎은 사람들이 희생되었다.

중소 문파의 인사들 중에서 무공이 낮은 이들은 검기를 막지 못하고 그대로 맞으면서 날카로운 예기에 팔다리가 잘려 나갔다.

채채챙!

그 여파를 막아내기 위해 대문파의 고수들이 절초를 펼치며 검기를 와해시켰다.

"이게 무슨 망신이란 말인가."

심지어 구파일방의 화경의 고수들조차 이를 막기 버거울 정도였다.

이들 중에서 유일하게 두 사람의 대결을 감당할 수 있는 사람은 화산파의 장문인인 매화검선 연운자와 무당파의 태극검왕 현심자뿐이었다.

두 사람은 검황이 무림에 모습을 드러내기 전부터 검황이라는 별호를 다툴 만큼 뛰어난 검재를 지닌 고수였다.

채채채채챙!

검기의 여파를 차분하게 검지로 와해시키며 그들은 대결에 집중하고 있었다.

두 절대 고수의 대결에 연운자를 비롯한 현심자의 입에서 연신 탄성이 끊이질 않았다.

"허어, 정말 말문이 막히는구려."

"자네와 검황이란 별호를 다투던 것이 부끄러울 지경이군."

"저 두 사람이야말로 진정한 검의 고수로군."

그들이 바라보는 검황과 천마는 단순히 한 초식으로 끝난 것이 아니라 허공에서 수십 초를 겨루고 있었다.

그 기세가 워낙 강하고 빨라서 육안으로 판별이 어려울 뿐이다.

검황이 무거운 중검을 펼치면 천마는 부드러운 유검으로 그것을 넘겼고, 천마가 변초를 펼치면 검황이 강검으로 이를 파훼시켰다.

촤촤촤촤촤!

쿠르르르르르!

검기가 대전 전체로 퍼져 나가면서 이를 지탱하던 대들보들이 잘려 나갔다.

"이런, 건물이 무너지겠어!"

대전 천장이 흔들리며 무너지려 하는 것을 일부 고수들이 잘려 나간 대들보를 손으로 받치며 대결에 방해가 되지 않도록 했다.

그만큼 이들의 대결은 무인들의 흥미와 전의를 자아내고 있었다.

'아?'

천마와의 대결에 집중하느라 어느 것 하나 보이거나 들리지 않던 검황이다.

하지만 그들의 검기로 인해 비명과 혈 내음이 난무하자 이를 알아챌 수밖에 없었다. 그는 대전 내에서의 대결로 인해 미치는 피해가 크다고 판단했다.

'여기서 계속 대결하다간 정도의 인사들이 버티질 못한다.'

장소를 옮겨야겠다고 마음먹은 검황은 일부러 검초를 더 높은 곳으로 유도했다.

이를 눈치채지 못할 천마가 아니었다.

어차피 그들의 대결에 영향을 받는 것은 정도 인사들뿐만이 아니라 소교주인 천여휘와 이 장로도 마찬가지였기에 짐짓 못 이기는 척 그의 유도에 따랐다.

쾅!

두 고수는 자연스럽게 초식 대결을 펼치며 대전 천장을 뚫고 위로 올라갔다.

삼 층으로 이루어진 무림맹 대전의 지붕 위까지 올라간 천마와 검황은 다시 격렬한 일전을 펼쳤다.

"이, 이 대결을 놓칠 수 없네!"

"우리도 따라가세!"

이를 놓칠세라 여러 고수들이 대전 문을 박차고 밖으로 나갔다.

하지만 반수 이상의 정도 인사들은 부상이 심해서 이를 치료하기 위해 남아 있어야 했다.

"소교주, 저희는 조사님의 말씀대로 이 틈에 몸을 피해야겠습니다."

사전에 천마의 전음을 통해 당부를 들은 이 장로가 어수선한 틈을 타서 천여휘를 부축해 대전 밖으로 나갔다.

다행히 모든 고수의 시선이 양대 절대 고수의 대결에 집중되어 있었기에 그들이 도망치는 것을 누구도 알아채지 못했다.

태양 빛이 가장 뜨거운 미시(未時) 무렵, 천마와 검황의 대결로 생겨나는 검기가 무림맹 성 한복판을 수놓으며 더욱 그 열기를 더해갔다.

그동안 검문을 멸문시킬 거라는 분노를 가슴속에 담아뒀던 천마지만 천 년 만의 유성검법과의 대결에 추억을 되새길 수밖에 없었다.

젊은 날의 호적수인 검선을 떠올리게 할 만큼 검황의 검술 실력은 뛰어났다.

'인정한다. 검선 네놈의 후예가 뛰어나다는 것을.'

아쉬운 것은 이 대결을 자신이 아닌 현 마교 교주인 천극염이 펼쳐야 했건만 그러기엔 그 무위가 턱없이 부족했다.

검황과 천극염이 대결한다면 삼 초식 내로 승부가 판가름 날 만큼 그 역량의 차가 컸다.

사실 엄밀히 따지자면 검황의 연배로 본다면 전대 오황이

자 태상교주인 천여극과 자웅을 겨루는 것이 맞았다. 하지만 그가 무리하게 십이 단공을 연마하려다 주화입마로 목숨을 잃었기에 이런 사태가 벌어진 것인지도 몰랐다.

'여기서 이놈을 죽이는 편이 나을까?'

원래 천마는 혈교를 제압할 때까지는 무림맹의 존속을 위해서 검황을 살려두려 했다.

하나 이 정도 실력이라면 얼마 있지 않아 깨달음을 얻어 현무림 역사상 처음으로 대연경의 경지에 오를지도 몰랐다.

"흥!"

또 다른 호적수의 등장은 천마를 전의를 끌어 올리는 자극이 될 수 있었으나, 이미 그는 모든 것에 초연해서 선계 진입을 꿈꾸고 있었다.

천마는 차라리 마교를 위해서 그를 없애야겠다고 마음먹었다.

우우우웅!

현천검의 검명이 강해지며 묵빛 검신이 완전히 검게 물들었다.

현천신공 십이 단공의 정수를 모은 현천강기를 펼치려는 것이다.

검이 검게 물든 것을 기이하게 여긴 검황이 검기를 펼쳐 천마와의 거리를 두려 했지만 소용없었다.

채채채챙!

순식간에 검황의 검기를 파훼한 천마가 그에게로 쇄도해 왔다.

그동안 선천공의 칠층의 경지만을 끌어 올려서 겨루던 검황이 본능적으로 위기를 감지하고 최고 경지인 팔층의 경지를 운용했다.

'강한 선기로군.'

창천검이 새하얗게 물들 만큼 강한 선기를 머금고 있었다.

천마의 절초가 담긴 일검이 검황의 요혈로 쇄도해 오며 창천검과 부딪쳤다.

챙!!

두 절세의 검이 부딪치는 순간 강한 검명과 함께 엄청난 압력이 생겨나며 두 고수 사이에서 끝없는 검기의 회오리가 일어났다.

"뭐지?"

"헛?"

그 강한 여파로 인해 두 사람의 몸이 동시에 뒤로 튕겨져 나갔다.

두 고수를 튕겨낼 만큼 응축되었던 검기의 회오리는 강한 힘을 발산한 뒤 그대로 상쇄되어 사라져 버렸다.

알 수 없는 기이한 현상에 천마의 표정이 딱딱하게 굳었다.

만물의 모든 기운을 흩어지게 하는 현천강기가 처음으로 제 힘을 발휘하지 못했기 때문이다.

선계로 진입하는 관문 앞에서 천마는 선인이 되기 위해 선도를 연마했다.

그 과정에서 천 년이라는 끝없는 긴 세월이 소요되었고, 천마는 수많은 깨달음을 정리할 수 있는 시간을 갖게 되었다.

그가 가장 먼저 한 것은 대연경의 경지에 오르면서 마기를 유형화시키는 힘을 정리해 현천신공의 마지막 단계인 십삼 단공을 만들어내는 것이었다.

처음으로 역천의 기운이라 불리는 마기를 창안한 마도의 종주인 천마는 이 기운을 가질 무렵 하늘마저도 부술 만한 힘을 원했다.

그런 의지가 깃들어 그의 마기는 멸천(滅天)의 기운을 머금게 되었다.

십삼 단공의 정수라 할 수 있는 현천강기에는 세 가지 경지가 존재한다.

첫 번째가 분천(分天)의 경지라 하여 만물의 기운을 흩어지게 하는 경지였다.

두 번째는 파천(破天)이라 하여 만물의 경지를 파괴할 수 있는 경지였다.

마지막 세 번째 경지는 멸천(滅天)이라 하여 만물의 경지를 전부 무(無)로 돌릴 수 있는 절대적인 힘으로 스스로가 금하는 경지였다.

'분천만으로 충분하다고 생각했는데.'

천마는 현 무림에 부활한 이후 오황을 상대하면서 몇 차례 현천강기를 펼쳤고, 여태껏 만물의 기운을 흩뜨리게 만드는 분천의 경지만으로도 적들을 쓰러뜨렸다.

유일하게 그 이상의 경지를 펼친 것은 혈마가 혈교의 이석의 몸에 강림하였을 때다.

그때 파천의 경지를 끌어 올려 그를 베었다.

'선천공의 기운을 너무 과소평가했나.'

검황의 기를 흩뜨리게 만든 후에 오른팔을 거두려고 한 천마이다.

그러나 예상과는 다르게 오히려 선천공의 마지막 단계인 팔층의 기운을 담은 창천검에 닿는 순간 현천강기가 상쇄되고 말았다.

'검에 상생의 묘리를 담다니… 검선 이 빌어먹을 놈!'

이것은 검황이 의도해서 일어난 현상이 아니었다.

대연경의 경지에 오른 후 훗날 우화등선하여서 자신의 경지를 정리한 천마와 달리 검선은 자신의 전인을 위해 그 깨달음을 우화등선 전에 팔층 선천공에 정립시켰다.

"하아, 대체 무슨 일이 일어난 거지?"

한참을 튕겨 나간 검황은 대전에서 떨어진 동쪽 건물까지 날려가 처박히고 말았다.

천마의 검게 물든 현천검에서 등골이 오싹해지는 두려움을 느낀 그는 자신도 모르게 팔층 선천공을 끌어 올렸다.

팔층 선천공은 선기를 유형화하여 상생(相生)의 묘리를 담고 있었기에 패도적인 성향을 가진 자신과는 어울리지 않는다고 생각한 검황이다.

그래서 무림에 출도한 이후로 칠층 이상의 선천공을 끌어 올린 적이 없는데 이 같은 결과가 일어나자 놀라움을 감출 수가 없었다.

"허어, 모든 것이 조사님의 안배였단 말인가."

천마가 마지막으로 펼친 그 검은 정말로 위험해 보였다.

하지만 그것을 파훼할 수 있는 힘이 팔층 선천공의 경지라면 조사인 검선의 은덕이라고 할 수 있었다.

"아차!"

방금 전의 일이 어찌 되었는지에 대한 영문은 나중에 고민해도 늦지 않았다.

검황 자신이 멀쩡하다는 것은 천마 역시도 그 여파에 당했을 리가 없다는 말이다.

탓!

검황은 쾌속하게 경공을 펼치며 대전으로 향했다.

그런데 대전으로 향하는 그의 귓가로 알 수 없는 전음성이 울려 퍼졌다.

'뭐지?'

전음을 보내는 자의 위치를 파악하기 위해서 이리저리 기감을 펼쳐 둘러보았지만 그 위치를 찾을 수가 없었다.

'육합전성(六合傳聲)!'

자신의 소재를 숨기는 고도의 전음이다.

검황이 그 위치를 찾는 것을 전혀 개의치 않는지 전음은 계속해서 검황의 귓가를 울렸다. 그것을 듣는 내내 검황의 표정이 차츰 알 수 없게 바뀌어갔다.

"늦군."

먼저 대전의 지붕 위에 도착한 천마가 지루하다는 듯이 앉아 있다.

그런 오만한 모습에 대결을 지켜보던 정도 무림의 고수들이 속으로 분통을 터뜨렸다.

만약 검황이 모습을 드러내지 않는다면 그의 패배가 기정사실화되는 것이다.

바로 그때 검황이 대전의 천장 위로 모습을 드러냈다.

"와아아아아아아!"

"맹주님께서 무사하시다!"

이를 지켜보던 정도 무림인들이 기쁨의 환호성을 내질렀다.

현재 검황은 마교의 사악한 고수를 상대할 수 있는 유일한 희망이었다.

그가 패배한다면 무림맹의 패배이면서 정파가 마도에 무릎을 꿇는 것이나 마찬가지였다.

"뭘 한다고 그렇게 굼뜬 것이냐?"

이상했다.

빈정거리는 천마의 말에도 불구하고 검황은 화를 내지 않고 오히려 뭔가를 고민하는 것처럼 진중한 표정을 짓고 있었다.

그런 검황의 모습에 천마가 의아해하더니 손에 내공을 끌어 올렸다.

슈욱!

그러자 아까 전 대결의 여파로 튕겨 나가면서 떨어뜨린 창천검이 다시 검황에게로 날아갔다.

이를 받아낸 검황의 눈이 이채를 띠었다.

마교의 사람임을 떠나서 적수로는 부족함이 없는 사내라는 생각이 들었다.

"그럼 승부를 내보실까?"

"아니네."

"뭐?"

곧바로 싸움이 이어질 거라 여겼지만 검황의 뜻밖의 발언으로 중지되었다.

검황이 손을 뻗자 푸른 검집이 대전 지붕을 뚫고 그의 손으로 빨려들어 왔다.

정말로 싸움을 하지 않을 생각인지 검황은 창천검을 검집에 집어넣었다.

"…네놈, 무슨 수작이냐?"

전의가 사라진 검황의 태도에 천마의 눈썹이 치켜 올라갔다.

이를 개의치 않고 검황은 모두가 들으라는 듯이 목소리를 높여서 말을 이어갔다.

"마교의 사자여, 그대가 진정한 실세라고 생각하고 말하겠네! 오늘을 기점으로 무림맹은 마교에 전쟁을 선포하는 바일세!"

뜻밖의 전쟁 선포에 놀란 것은 오히려 천마가 아닌 정도 무림인들이었다.

아미파의 현명 사태가 마기에 감화되어 돌발적으로 벌인 행동이 이 같은 사태를 일으키긴 했지만 마교와 전면전을 원한 것은 아니었다.

'맹주, 어쩌자고……'

'사파 연맹도 모자라서 마교를 적으로 만들면, 허어……'

내심 한탄을 하였지만 정도의 인사들은 차마 맹주를 지탄할 수 없었다.

이미 마교의 소교주에게 중상을 입혔고 한 차례 전투를 벌인 마당에 마교와 척을 지지 않는다는 것을 불가능한 일이었다.

명분을 잃은 마당에 차라리 검황의 말처럼 먼저 선전포고를 하는 편이 무림맹의 위신이 섰다.

"기세등등하군. 배신자들이 난무하는 무림맹이 본 교를 감당할 수 있을 것 같나?"

"한 번 쓰러뜨린 적을 또 쓰러뜨리는 것이 무엇이 어렵겠나?"

천마의 도발에 검황은 도도하게 대응했다.

그런 그를 바라보며 천마가 혀를 차며 말했다.

"쯧쯧, 천하의 검황이라는 작자가 잠시라도 더 목숨을 부지하고 싶은가 보군. 그렇다면 네놈이 보는 앞에서 무림맹과 검문 전체가 멸하는 것을 보여주마."

촥!

천마가 가볍게 검지를 긋자 무림맹 대전 옆에 있던 오층 본단 건물에 꽂혀 있던 무림맹의 문양이 그려진 깃발 창대가 갈라지며 바닥으로 떨어졌다.

마지막 도발이 먹혔는지 검황의 인상이 무섭게 굳어졌지만 천마에게 공격을 가하진 않았다.

"흥!"

천마는 콧방귀를 뀌며 마음에 들지 않는다는 표정으로 사라졌다.

그가 완전히 사라진 후에도 무거운 긴장감으로 고조된 분위기는 쉽게 가시지 않았다.

어느새 지상으로 내려온 검황이 바닥에 떨어진 무림맹의 깃발을 주워서 꾸깃꾸깃 주먹에 쥐었다.

씁쓸한 모습을 보이는 검황에게 정도문의 문주가 다급하게 달려왔다.

"맹주!"

"무슨 일이오?"

"대전 안을 보셔야 할 것 같소!"

뭔가 큰일이 일어났다는 것을 직감한 검황은 급히 대전으로 들어갔다.

대전으로 들어가자 코를 찌를 듯한 혈 내음이 나며 대전 내가 온통 피투성이가 되어 있었다.

이에 검황을 비롯해 그를 따라 들어온 정도 무림의 인사들이 눈살을 찌푸렸다.

"이, 이게 대체 어찌 된 일이란 말이오?"

"누가 이런 참극을……!"

무림맹 대전 안에는 검황과 천마가 겨루면서 일어난 검기의 여파로 부상당한 중소 문파의 수장들이 치료하고 있었다.

그런데 대전 내에 있던 중소 문파의 수장들은 잔인한 수법에 죽음을 맞고 말았다.

검황이 시신들을 살피니 하나같이 상처 부위에서 마기의 흔적이 느껴졌다.

"어찌 이런 잔인무도한 짓을 한단 말인가."

화산파의 장문인인 매화검선 연운자가 시신들을 보면서 혀를 내둘렀다.

하나같이 심하게 훼손된 시신들을 보자 잔악한 초식으로 해쳤다는 것을 알 수 있었다.

"아아, 어찌 이런 일이……."

개방의 방주인 홍구가 시신들 가운데서 아미파의 현명 사태를 찾아냈다.

마기에 잠식되었던 그녀는 양팔과 양다리가 잘리고 복부가 검으로 꿰뚫려 죽임을 당했다.

"으득!"

홍구가 입술을 깨물며 분노를 토해냈다.

"이런 사악한 마도의 무리 같으니! 어찌 이런 짓을 한단 말이오! 아무리 소교주의 배를 찔렀다고 한들 사지를 전부 베다니!"

이 같은 짓을 자행할 자는 오직 마교의 사자들뿐이었다.

검황 역시도 안타까운 표정으로 현명 사태의 끔찍한 죽음에 애도를 표했다.

그런데 시신을 살피면서 한 가지 이상한 점을 발견했다.

'혈도를 제압했는데 어떻게 풀린 거지?'

아직 식지 않은 현명 사태의 시신에 혈도를 점한 것이 풀려 있었다.

하지만 검황은 애써 내색하지 않았다.

"아아! 여길 보시오, 맹주!"

매화검선 연운자가 또 다른 무언가를 발견했는지 검황을 불렀다.

그가 부른 곳에 가서 보니 얼굴이 으깨져 알아보기 힘든 시신이 있었는데, 그가 입고 있는 옷을 보니 분명 당가의 부가주인 당호경이 입고 있던 것이다.

"아무래도 당 부가주의 시신인 것 같소."

"허어, 당가의 무인이 이렇게 어이없이 죽다니."

대전 내에 죽음을 맞이한 정도 무림의 인사 중 당호경은 유일하게 오대세가의 인물이자 화경의 고수였다.

혈도가 점해지지 않았다면 이렇게 허망한 죽음을 맞이할 인물이 아니었다.

"으으으! 이 사악한 놈들!"

"혈도가 점해진 자를 이렇게 죽이다니! 그것도 마교의 소교주란 놈과 수뇌부라는 작자가!"

"사파 연맹보다도 더 악독한 놈들일세!"

"이 사악한 마교 무리를 반드시 없애야 합니다!"

그것은 정도 인사들의 크나큰 분노와 마교에 대한 적의를 최악으로 치닫게 만들었다.

지금까지 마도에 관한 막연한 적대감만을 가진 것에서 이제는 그들에 대한 분노가 더해지게 되었으니 정마(正魔)의 전쟁은 기정사실이 되어버렸다.

그런 그들의 살기가 들끓는 전의를 검황은 묘한 눈빛으로 바라보고 있었다.

이를 계기로 무림 전체로 정, 사, 마를 통틀어 가장 큰 전쟁이 일어날 거라는 소문이 파다하게 퍼져 나갔다.

정마의 동맹이 결렬되고 나서 며칠 후.

사파 연맹이 자리하고 있는 하북성 내의 백석산의 한 봉우리.

안개가 자욱한 봉우리 위에서 은밀한 회동이 이뤄지고 있었다.

얼굴을 붕대로 감싸고 철장을 짚고 있는 회색 장포의 남자는 바로 무명이었다.

무명은 스무 명 남짓한 사람들과 회동을 가지고 있었는데 놀랍게도 이들은 무림맹의 대전에서 마교와의 동맹 협약 당시 사라진 각 파의 수뇌부였다.

구대문파인 점창파, 종남파, 공동파, 청성파, 곤륜파와 더불어 오대세가인 하북팽가와 무림맹의 차기 군사를 역임한 제갈세가의 제갈태까지 있었다.

무명은 그런 그들을 바라보며 흡족한 목소리로 말했다.

"자네들 덕분에 앞으로의 대계에 한층 가까워졌네."

68장
조호리산(調虎離山)

무림맹주인 검황을 비롯해 그 누구도 이 같은 상황을 예측하지 못했을 것이다.

　설마 정도 무림의 상징이라 할 수 있는 구대문파와 오대세가에서 배후 세력과 결탁하고 있으리라고 누가 예상이나 했겠는가.

　그들이 무명을 바라보는 눈빛을 보면 처음 만난 것이 아니라 꽤 오래전부터 교류를 나누고 있는 것 같았다.

　계획한 일이 잘 풀린 것에 대해 흡족해하는 무명에게 제갈태가 말했다.

"아미파의 현명 사태가 아니었다면 일이 쉽게 안 풀렸을 거요."

"그야말로 운명의 계시가 아니겠나."

"그래도 현명 사태처럼 명망 높은 진인이 마기에 잠식된 것은 안타까운 일이오."

제갈태는 되도록 정도 인사들의 피해를 최소화하고 싶었다.

하지만 불심이 높은 현명 사태마저도 천마검의 마기에 침식되어 광기에 젖는 것을 본 후에는 마도를 필히 멸해야겠다고 결심했다.

"그런데 한 명이 보이질 않는군."

제갈태의 눈이 이채를 띠었다.

두 눈이 없어서 앞을 보지 못하는 무명이지만 기로 사람을 구분할 수 있었다.

"당가의 부가주는 어찌 되었나?"

"그는 우리와 함께 그 자리를 피하지 못했소."

놀랍게도 사천당가의 부가주인 당호경 역시도 이들과 뜻을 함께했다.

그러나 동맹 협약 당시 천마에게 점혈을 당해 자리를 피하지 못하고 말았다.

혹시나 하는 사태에 대비해 전부 뿔뿔이 흩어져서 북상해 왔기 때문에 그들은 미처 당호경의 생사를 확인하지 못했다.

"그 역시도 대계에서 중요한 역할을 할 자이건만."

"그를 확인했어야 하는데 본인의 불찰이 크오."

이번 계획에서 가장 중요한 책임자의 역할을 맡은 자가 바로 제갈태였다.

그는 책임자로서 의무를 다하지 못한 것에 대해 안타까움을 느꼈다.

그런데 실망했을 거라 생각한 무명이 웃으며 말했다.

"후후후, 아무래도 그 같은 얘기는 굳이 하지 않아도 될 것 같네."

"그게 무슨 소리요?"

무명이 남쪽 방향을 향해 손가락으로 가리키는 것과 동시에 산봉우리 위로 누군가가 경공을 펼치며 나타났다.

그는 다름 아닌 당가의 부가주 당호경이었다.

무림맹에서 시신의 얼굴이 완전히 훼손되어 발견된 그는 놀랍게도 멀쩡하게 살아 있었다.

당호경의 생사에 대해서 정확히 모르고 있던 그들은 그의 생환에 반색했다.

"당 부가주!"

"내가 죽은 줄 알았소이까? 하하하하핫!"

모두가 반색하는 한편으로 놀라는 기색이 역력하자 당호경이 호탕하게 웃었다.

무명이 그런 그를 보자마자 단도직입적으로 물었다.

"당 부가주, 살아 돌아와서 반갑네. 어찌 된 일인가?"

그것은 불과 오 일 전으로 거슬러 올라간다.

한창 대결을 펼치고 있던 천마와 검황이 천장을 뚫고 지붕 위로 올라가면서 부상을 입지 않은 정도 무림의 인사들이 따라서 밖으로 나갔다.

그때 대전 내에 남아 있던 사람들은 부상을 입은 정도 무림의 인사들과 점혈을 당해서 꼼짝할 수가 없는 당호경뿐이었다.

운기조식에 들어가서 상처를 치료 중이던 무림 인사들과는 달리 당호경은 점혈이 찍혀 있다 뿐이지 멀쩡하게 상황을 직시하고 있었다.

"그 혼란스러운 틈을 타서 마교의 소교주와 이 장로라는 작자가 도망을 치더이다."

그것을 보며 당호경은 절호의 기회라고 여겼다.

천마에게 혈도를 제압당하긴 했지만 중간에 검황이 해혈을 시도하면서 일부 막혀 있던 혈도가 풀린 당호경은 자력으로 이를 풀 수 있게 되었다.

"그래서 어찌한 건가?"

"안타까운 일이지만 그곳에 있는 중소 문파 사람들을 전부 죽였소."

말과는 달리 담담하게 말하는 당호경의 태도에 제갈태를 비롯한 일부 중소 문파의 수장들의 표정이 싸늘하게 굳었다.

이를 해명이라도 하듯이 당호경이 양손을 들어 올리며 말했다.

"대를 위해서 어쩔 수 없는 희생이었소."

"갑자기 그들을 죽여 버린다고 검황이 믿을 거라 생각하나?"

검황 정도 되는 고수라면 상처에 남은 흔적만으로 상대 무공의 연원을 추측할 수 있었다.

당문의 무공같이 널리 알려진 것이라면 더더욱 추측이 쉬웠다.

"본인이 그렇게 멍청한 줄 아시오?"

대전 내에는 부상을 입은 정도의 인사들 말고도 한 사람이 더 있었다.

다름 아닌 아미파의 현명 사태였다.

검황에게 혈도가 제압되어 괴성을 지르며 발광을 하고 있는 그녀는 마기에 침식되어 온몸에서 흑기가 흘러나오고 있었다.

"설마?"

"현명 사태의 점혈을 풀어주었소."

"세상에……."

당호경의 말에 제갈태가 실망스러운 얼굴로 자신의 두 눈을 가렸다.

마기에 침식당해서 살의에 사로잡힌 그녀를 풀어줬으니 뒤에 일어났을 일은 뻔했다.

그의 예상대로 현명 사태는 광기에 사로잡혀 대전 내에 있는 정도의 인사들을 닥치는 대로 죽였다.

"…현명 사태는 어떻게 했나?"

"내 손으로 편히 보내 드렸네."

그 말에 제갈태는 더 이상 할 말이 없는지 당호경에게서 몸을 돌렸다.

희생이 불가피하다고 해도 이런 식으로 정도에서 명망 높은 인물이 끝을 맺었다는 것은 너무도 안타까운 일이었다.

만약 현명 사태의 양팔과 양다리를 자르고 처참하게 죽였음을 알게 되었다면 제갈태는 무슨 수를 쓰던 간에 당호경을 죽이려 들었을 것이다.

"이번 계획에 있어서 화룡점정을 자네가 찍어주었군. 잘했네."

그런 제갈태의 감정이 어떠하든 무명은 당호경의 마지막 수습을 칭찬했다.

이걸로 무림맹에 속해 있는 정도 인사들의 원망과 복수심은 전부 마교로 향하게 될 것이다.

그리고 무림맹과 마교가 큰 전쟁을 벌인다면 그들이 원하는 그림을 그릴 수 있게 될 터이다.

'후후후, 천마. 그대의 뜻대로 되지 않아 지금쯤 분통이 터질 테지.'

무명은 속으로 천마를 비웃었다.

지난번에는 그의 예상을 뛰어넘는 바람에 뒤통수를 맞았지만, 이 같은 결과를 만들어내기 위해 수많은 변수를 고려한 전략을 짜야만 했다.

지략이 뛰어난 천마는 모든 이의 허를 찌르는 전략을 취해 왔다.

무명은 그런 천마라면 반드시 사파 연맹의 뒤통수를 치기 위해 오월동주 계책으로 무림맹과의 동맹을 추진할 거라 추측했다.

'드디어 노부의 손바닥 안에서 놀게 되었구나, 천마!'

하나 이번만큼은 아무리 천마라 할지라도 어쩔 도리가 없을 것이다.

이틀이 지난 십만대산의 마교.

어젯밤 무림맹의 사자로 떠났던 천마와 일행이 돌아왔다.

조사인 천마가 추진하는 일이었기에 무림맹과의 동맹이 무사히 추진될 거라는 기대와는 달리 소교주인 천여휘가 중상을 입고 돌아왔다.

천마가 응급처치를 했지만 검이 복부를 관통했기 때문에 천여휘의 상태는 위중했다.

만약 마교에 중원 최고의 신의라 불리는 약선이 있지 않았다면 목숨을 잃었을지도 모른다.

엎친 데 덮친 격으로 무림맹에서는 공식적으로 마교와의 전쟁을 선포했다.

이미 전 중원에 그 소문이 파다하게 퍼져서 전면전이 불가피한 상황이 되고 말았다.

유일하게 성과가 있는 것이라고는 마교의 신물인 천마검을 되찾은 것뿐, 진퇴양난에 빠진 셈이었다.

교주들만이 출입이 가능한 마교의 금지(禁地).

금지인 사당이 있는 건물의 뒤편에는 큰 동굴이 있었는데, 이곳은 기를 정순하게 만들어주는 청옥석으로 가득 차 있다.

이곳 동굴은 역대 교주들이 현천신공을 연마하기 위한 수련 장소였다.

웅웅웅!

동굴 공동의 한가운데 청옥석으로 만들어진 단 위에 천마검이 놓여 있다.

원래는 현천집을 통해서 천마검에서 뿜어져 나오는 극강한 마기를 제어했으나, 그것이 없기에 청옥석으로 만든 단에 올려서 마기를 일부 감소시키고 있었다.

그런 천마검을 바라보며 천극염이 입을 열었다.

"조사 어른, 동맹을 추진한다고 하셨는데, 이렇게 된다면 무림맹과 사파 연맹을 동시에 상대해야 하는 상황입니다."

동맹을 추진한 것이 조사인 천마였기에 탓하고 싶지 않았지만 사태가 긴박했다.

무림맹에서 전면전을 선포한 날은 불과 보름 뒤다.

이미 한 차례 무림맹과의 전쟁을 치러서 패한 전적이 있는 마교였다.

아무리 힘이 약화된 무림맹이라고 할지라도 마교 역시 전성기 전력의 절반 정도 회복된 상태였다.

"대 천마신교의 교주라는 녀석이 뭘 그리 겁내는 것이냐?"

심드렁한 천마의 말에 천극염이 숨을 고르면서 천천히 말했다.

"…겁을 내는 것이 아니라 전력에서 차이가 큽니다."

내전이던 남마검 일파와 겨룰 때보다도 그 간극이 컸다.

마교의 전력은 지난번 혈교 강시들의 습격으로 일천 명가량의 희생자가 발생해 일만 사천 명 정도였다.

반면 현화단의 통계에 의하면 사파 연맹과의 전쟁으로 대규모의 전력 감소가 있었다고는 하나 여전히 무림맹은 구대문파에 남아 있는 전력과 검문, 검하칠위를 통틀어 삼만 명이 넘는 전력을 가지고 있었고, 화경의 고수만 하더라도 서른 명에 육박했다.

"순수 전력으로도 두 배 정도 차이가 나고 고수의 보유 또한 여섯 배 정도입니다. 그리고……."

천극염은 차마 뒷말을 이을 수가 없었다.

당시에도 부족한 전력을 뒷받침한 것은 천마의 압도적인 무위와 뛰어난 지략이었다. 하나 이 장로의 말에 의하면 검황의 무위가 천마와 버금갈 정도라고 하였다.

'조사 어른이 검황을 견제한다고 해도 구파일방에 속해 있는 그 많은 화경의 고수들은 어찌 감당한단 말인가?'

그런 천극염의 우려를 알아챈 것인지 천마가 담담한 목소리로 말했다.

"객당에 머무는 녀석들을 먹고 자고 놀게 할 참이더냐? 이럴 때를 대비해서 그놈들을 쓰는 거지."

"동검귀와 서독황을 말씀하시는 겁니까?"

지금 마교에는 오황 중 두 명이 식객으로 머물고 있었다.

원래는 동검귀인 성진경만이 객당에서 머물고 있었으나, 또다시 혈교의 침투를 우려한 서독황 구양경이 백타산의 일가를 이끌고 마교에 입성했다.

"그들을 쓸 수 있다면 좋겠지만……."

현경의 고수이자 무림에서 다섯 손가락 안에 드는 고수인 두 사람이 마교를 돕는다면 천군만마를 얻는 것이나 마찬가지이다.

그러나 동검귀는 마교 소속이 아니라 천마를 주군으로 모시는 것이었기에 통제를 할 수가 없었고, 서독황과 백타산장은 동맹 관계였기에 정식으로 도움을 요청해야만 실질적인 전력으로 투입시킬 수 있었다.

두 사람 모두가 이번 전쟁을 거절한다면 결국 전력에 포함시킬 수가 없었다.

"그런 쓸데없는 걱정은 집어넣어라. 어차피 녀석들은 움직일 테니."

호언장담하는 천마의 말에 내심 의구심이 들었지만 천극염은 아무 말도 할 수가 없었다.

지금으로서는 조사인 천마를 믿는 것 이외에는 어떠한 방도가 없었다.

"그보다도 먼저 시급한 것이 있다."

"네?"

"이번에 무림맹을 다녀오고 나서 확신하게 되었지."

"무엇을 말씀하시는 건지……."

"명색이 신교의 교주라는 녀석이 무림맹주라는 놈보다도 약해빠졌다는 것이 참으로 암담하더구나."

천마의 촌철살인과도 같은 말에 천극염의 인상이 구겨졌다.

천극염은 자신이 마교의 역대 교주 중에서 가장 무위가 약한 것은 어느 정도 인정하는 바였지만 조사인 천마의 입으로 들으니 부끄러울 수밖에 없었다.

"네 녀석을 적당히 훈련시켜서는 안 된다는 생각이 들었지."

그동안 천마는 시간이 나는 틈틈이 천극염에게 깨달음을 전해주고 무공을 전수했다.

덕분에 천극염은 화경의 극에 이르는 실력까지 진보했으나 천마가 생각하는 기준치에는 여전히 미치지 못했다.

"지금 네 녀석에게 부족한 것이 무엇인 줄 아느냐?"

"깨달음이 아니온지……."

"뭐, 그것도 부족하지만 가장 시급한 게 있지."

그 말과 함께 천마가 손을 뻗자 청옥석 단 위에 올려져 있던 천마검이 그의 손으로 빨려들어 왔다.

청옥석 단을 벗어나 오랜만에 그 주인이던 천마의 손에 쥐어지자 천마검에서 상상을 초월하는 마기가 뿜어져 나왔다.

웅웅웅!

"오랜만이구나."

천마검은 천마가 우화등선하기 전에 자신의 모든 마기의 정수를 모아 넣은 신물이다.

이를 사용하면 현천신공과 감응하여 폭발적인 역량을 발휘하게 된다.

원래 천마는 부활하면서 무공을 회복하기 위해 천마검에 있는 마기의 정수를 흡수하려고 했다.

하지만 북해의 마맥에 있는 순도 높은 천 년 마기를 흡수하면서 그럴 필요가 없어졌다.

"처, 천마검으로 대체 무엇을 하시려고?"

"네 녀석이 여휘 녀석과 같은 천양지체라면 이런 수고로움이 필요 없겠지만, 그런 육신이 아니니 이 방법밖에 더 있겠느냐?"

천마의 의미심장한 말에 천극염이 자신도 모르게 침을 꿀꺽 삼켰다.

천마가 그렇게 긴장하는 천극염의 머리에 있는 총회(聰會), 광초(光礎), 인당(印當) 세 혈도에 엄지와 검지, 중지를 가져다 댔다.

"이 꽉 깨물어라. 아~주 많이 고통스러울 거다."

"조, 조사님, 일단 준비를……."

천극염의 말이 끝나기도 전에 천마의 세 손가락을 타고 상상을 초월하는 마기가 천극염의 머리에 있는 혈도를 타고 들어오기 시작했다.

한 번도 느껴본 적이 없는 엄청난 마기의 흡입량에 두개골로 깨질 듯한 고통이 엄습해 왔다.

"끄아아아아아아아아악!!"

얼마나 고통스러웠는지 천극염이 교주로서의 체통도 잊고 비명을 질렀다.

천마가 창안한 현천신공은 역천의 무공이라 하여 정순한 현문정종의 내공과는 반대인 마기(魔氣)가 바탕이 된다.

십이 단공으로 나누어진 현천신공은 일 단공에서 삼 단공까지는 기본공이라 하여 내공과 마기의 토대를 만드는 경지였다.

그리고 사 단공에서 육 단공에 이르게 되면 내공이 절정의 경지에 도달한다.

여기까지는 무재에 상관없이도 현천신공을 연마하는 무인이라면 누구나 오를 수 있는 경지이다.

하지만 칠 단공부터는 교주 직계 무공이라 하여 천가의 후손들만이 익힐 수가 있었다.

칠 단공의 경지를 이룬 무인은 무공에 있어서 초절정의 경지에 이르러 많은 양의 공력을 소모하는 천마검법의 전반부를 다룰 수 있게 된다.

현천신공의 팔 단공부터는 경(境)으로 입문하는 단계로 화경에 이르게 된다.

내공에 있어서 극에 가까워지는 팔 단공부터는 강기(强氣)의 무공이라 할 수 있는 천마검법의 후반부를 다룰 수 있다.

현재 교주인 천극염이 오른 경지인 십 단공은 화경의 극에 이르러 극성의 천마검법을 펼칠 수 있으며 마기를 발산해 마공을 익힌 마인을 굴복시켜 정종의 내공을 지닌 자들에게 위압감을 줄 수 있는 정도였다.

역대 교주들은 이 경지까지 수월하게 올랐지만 십일 단공부터는 마의 경지라 할 만큼 진입하기가 힘들었다.

십일 단공을 이룩하게 되면 무공에 있어서 지고의 경지라 불리는 현경을 이룩함과 동시에 마 중의 마인 진마(眞魔)의 경지에 도달하여 마인들을 통제할 수 있는 힘을 얻게 된다.

태상교주인 천여극의 대로 오기 전까지 삼 대에 걸쳐서 십일 단공을 이룩하지 못한 것만 보더라도 얼마나 어려운지 알 수 있다.

왜냐하면 현천신공의 십일 단공을 이룩하려면 막대한 마기를 필요로 하는데, 현문정종의 정순함과는 궤를 달리하는 마기는 주화입마에 빠지기가 쉽다.

그래서 무리해서 십일 단공을 이룩하려다가 주화입마를 입고 폐인이 된 사례들이 더러 있기에 역대 교주들은 무리해서 십일 단공에 오르지 않았던 것이다.

"끄아아아아아아악!"

고통으로 비명을 지르는 천극염의 세 곳 혈을 통해서 들어오는 마기의 양이 그가 수용할 수 있는 범위를 넘어서고 있었다.

불끈불끈!

이마에 튀어나온 혈관이 검게 변색되면서 점차 온몸으로 번져 나갔다.

그것은 북해에서 천마가 현천검의 마기를 흡수할 때와 흡사한 현상이었다.

주르르륵!

강대한 마기를 감당하기 어려운지 천극염의 눈과 코, 입에서 검은 피가 흘러내렸다.

이를 버티지 못한다면 주화입마를 입고 만다.

"정신 차려라! 이것조차 버티지 못해서야 신교의 교주라고 할 수 있을 것 같으냐!"

천마의 다그침에도 불구하고 천극염은 거의 실신 지경에 이르고 있었다.

천마검에 담겨 있는 마기의 정수를 직접 흡수하는 방법도 있었지만 그렇게 된다면 정수에 담긴 마기 반 이상이 손실될 위험이 있었다.

그 때문에 천마가 직접 매개체가 되어 마기를 체내로 집어

넣는 것이다.

머리에 있는 세 곳의 혈은 무형의 기인 마기를 흡수하기 가
장 좋은 혈도였지만 그 고통은 말로 할 수가 없다.

'약해빠진 녀석.'

경련을 일으키는 천극염의 상태가 좋지 못했다.

이 고통을 이기지 못한다면 천극염은 절대로 십일 단공 이
상의 경지를 성취할 수 없었다.

[멍청한 놈! 현천신공을 운용하지 못햇!]

참다못한 천마가 천극염에게 전음으로 다그쳤다.

고통에 휩싸여 그의 말을 듣지 못한 천극염이 본능적으로
현천신공을 운용했다.

현천신공을 운용하자 천극염의 체내에서 폭주하던 마기가
서서히 전신의 혈맥으로 돌면서 점차 진정되어 가기 시작했
다.

'이제 되었군.'

현천신공을 제대로 운용한 뒤로는 안정이 된 천극염의 혈맥
이 원래의 색을 찾아갔다.

때가 되었다고 판단한 천마가 주입하던 마기의 양을 더욱
강화시켰다.

"읍!"

더욱 강해진 마기에 고통스러웠지만 아까보다는 힘겹지 않

았기에 천극염은 더욱 마기를 체내화시키기 위해 현천신공의 운용을 박찼다.

스스스스!

천극염의 몸에서 아지랑이처럼 흑기가 피어오르며 그의 주위로 기의 회오리가 일어났다.

예상보다 빠른 변화에 천마의 눈이 이채를 띠었다.

'생각보다 범재는 아닌가 보군.'

거대한 마기의 정수를 받아들이면서 조건이 갖춰지자 천극염은 현천신공의 십일 단공에 진입하게 되었다.

천극염의 머리 위로 다섯 개의 새하얀 고리가 생겨나며 공동 내에 있던 청옥석이 뿜어내는 정순한 기운이 빨려들어 갔다.

이것은 오기조원(五氣朝元)을 이루면서 육신이 대자연의 기운을 받아들이는 현상이었다.

얼마나 시간이 흘렀을까, 한참을 오기조원 상태로 운기조식을 취하던 천극염이 감고 있던 눈을 떴다.

"아아아!"

그의 입에서 탄성이 흘러나왔다.

드디어 화경의 경지와는 다른 새로운 무(武)의 세계로 진입하게 된 것이다.

현경의 경지에 오르니 대자연의 기운이 감응하면서 내공의 제한이 없어지게 되었다.

천극염이 검지를 들어 손을 뻗자 무형의 검기가 생겨나 청옥석으로 만든 벽에 일자로 검흔이 새겨졌다.

"내가… 내가 무형의 검기를 다루다니……!"

그야말로 감격 그 자체였다.

무림에서 오직 다섯 명의 절대자인 오황만이 오른 경지에 올랐으니 기쁘지 않을 수가 없었다.

그러나 그런 감동의 여운도 잠시였다.

기뻐하는 천극염의 귓가로 심드렁한 천마의 목소리가 들려왔다.

"적당히 좋아하시지?"

"조, 조사 어른!"

미처 몰랐는데 조사인 천마가 호법을 서면서 그를 지켜주고 있었다.

천마의 배려에 감사한 천극염이 얼른 무릎을 꿇고 그에게 감사의 절을 올렸다.

"조사 어른의 은덕에 감사드립니다!"

"좋아할 것 없다. 네 녀석이 모자라서 진즉 올랐어야 할 경지를 이제야 밟은 것이니 말이다."

평소라면 이런 꾸지람에 자괴감을 느꼈겠지만 현경의 경지에 오른 기쁨에 무슨 말을 들어도 달게 들리는 천극염이었다.

그런데 미처 몰랐는데 천극염을 놀라게 만든 것이 있었다.

'이럴 수가!'

현경의 경지에 오르고 나니 마교 내에 있는 모든 기운이 선명하게 느껴졌다.

각 장로들이 어디에 있고 얼마나 강한지 판별이 될 정도로 뚜렷하게 알 수 있었는데, 눈앞에 있는 천마에게서는 어떠한 것도 감지할 수가 없었다.

'조사 어른은 현경의 경지로 알고 있었는데?'

이뿐만이 아니었다.

천마만이 아닌, 객당에 머물고 있는 동검귀 성진경을 비롯해 서독황 구양경의 기운 역시도 마치 없는 존재인 양 느껴지지 않았다.

"어설픈 짓거리 하지 마라. 아직 네 녀석의 실력으로는 무리다."

사방으로 기운을 퍼뜨려 상대를 감지하는 것을 천마가 눈치채지 못할 리가 없었다.

이제 막 현경의 경지에 오른 그가 대연경의 경지인 천마를 비롯해 현경의 극에 이른 두 절대자를 감지할 수 있을 리가 만무했다.

"아아!"

"이제 겨우 턱걸이를 한 셈이다. 기반을 닦아줬으니 단련은

네 몫이다."

그제야 천극염은 자신의 실력이 어느 정도의 위치에 자리하고 있는지 알 수 있었다.

같은 현경의 경지라도 당연히 초입부터 시작해 극까지 그 단계가 있었다.

'조사 어른의 말씀대로 이제 겨우 시작이구나. 그렇다면 대체 조사 어른은 어느 정도의 경지인 것일까?'

묻고 싶었지만 차마 입이 떨어지지 않았다.

그런 천극염을 바라보며 천마는 고개를 절레절레 흔들었다.

의도한 대로 현경의 경지로 끌어내기는 했지만 예상과는 다르게 천마검에 들어 있는 마기의 정수를 전부 흡수하지는 못했다.

'고작 절반도 흡수하지 못하다니, 범재에 불과하군.'

이 생각을 천극염이 들었다면 매우 허탈해했을 것이다.

천마검에 있는 마기의 정수를 불과 사 할 정도밖에 흡수하지 못한 천극염이다.

그것은 천극염의 깨달음이나 오성에 달린 문제라기보다는 그가 받아들일 수 있는 그릇의 한계였다.

사실 천마는 매우 실망했지만 천양지체가 아닌 육신으로 마기의 정수를 이만큼 흡수한 것도 용하다고 볼 수 있었다.

많은 역대 교주들이 천마검에 담긴 마기의 정수를 흡수해

보려고 노력했으나 누구 하나 성공하지 못했다.

그것은 대연경의 경지에 오른 천마의 정수가 담긴 마기였기 때문에 터무니없을 정도로 강한 마기를 보통의 육신이 감당하기 힘들었기 때문이다.

그러나 천극염이 마기를 받아들일 수 있던 것은 천마가 스스로 매개체가 되어 마기의 정수를 감당할 수 있게 약화시켜 주었기 때문이다.

"자, 옛다."

천마가 천극염에게 천마검을 건네주었다.

지금까지는 현천신공을 운용하지 않으면 쥘 수도 없던 천마검이다.

"아아!"

천마검을 쥔 천극염은 검에 담겨 있는 마기의 정수에 놀라움을 금치 못했다.

아버지인 태상교주 천여극이 천마검을 쥐었을 때 어째서 그런 경이로운 무위를 발휘했는지 이해가 되었다.

"삼 일 정도 말미를 주마."

"네?"

"천마검을 확실하게 다룰 수 있게 된다면 공동에서 나와라."

이제 막 현경의 경지에 오른 천극염이다.

적어도 스스로의 무공을 가다듬을 수 있는 시간이 필요했다.

천극염 역시도 조사인 천마에게 받은 은혜에 부응해야겠다는 마음에 굳은 결의가 담긴 목소리로 답했다.

"알겠습니다. 삼 일 안에 뵙도록 하겠습니다."

"실망시키지 마라."

그 말과 함께 천마는 뒤도 돌아보지 않고 공동을 나가 버렸다.

같은 시각.

마교의 동쪽 객당에 기거하는 동검귀 성진경의 숙소.

여느 때와 마찬가지로 진경은 자신의 친딸인 백양을 살피는 한편으로 틈틈이 무공을 연마하는 데 시간을 보내고 있었다.

지난번 천마 덕분에 깨달음을 얻어 현경의 극에 이른 그는 열두 보검으로 이기어검을 펼치면서 그 안에 곡산검공의 정수를 발휘할 수 있도록 수련 중이었다.

휘휘!

눈을 감은 채 좌선을 하고 있는 그의 주위로 신기하게도 나무젓가락 열두 개가 허공에 뜬 채로 마치 살아 있는 것처럼 검초를 펼치고 있었다.

한참 그 상태를 유지하고 있을 무렵이다.

타타타탁!

허공에 떠 있던 나무젓가락들이 바닥으로 떨어지며 진경이 감고 있던 두 눈을 떴다.

누군가의 기감을 감지했기 때문이다.

'이곳에 서독황과 주군 이외에도 이런 고수가 있었던가?'

자신에게 미치진 못했지만 현경 이상의 고수가 내뿜는 기운이 틀림없었다.

진경이 감지한 것을 서독황 구양경이 감지하지 못했을 리가 없었다.

서쪽 객당의 숙소에서 술자리를 즐기고 있던 구양경의 눈이 가늘어졌다.

구양경의 잔에 담긴 술에 작은 파문이 일어났다.

"클클."

술잔에 이른 파문은 이내 구양경이 잔을 잡는 순간에 고요하게 가라앉았다.

"왜 그러십니까, 장주?"

그의 잔을 따르며 시중을 들던 백타산장 여무사의 물음에 구양경이 고개를 저었다.

"아무것도 아니다."

아주 잠시 스쳐 지나가듯 느껴진 기감.

그것은 현경의 고수에게서 느껴지는 기운을 내포하고 있었다.

구양경은 그 기감 속에서 자신이 유심히 관찰하던 그 기운을 감지했다.

'클클, 호칭뿐이던 자가 드디어 진짜 오황으로 발돋움했구나.'

놀랍게도 구양경은 멀리서 퍼져오는 기감의 주인이 마교의 교주 천극염인 것을 알아챘다.

그는 마교로 오게 되면서 남마검 마중달을 꺾고 새롭게 오황이 되었다는 천극염을 자세히 살폈다. 하지만 실질적인 실력이 화경에 불과하다는 것을 알고는 실망을 금치 못했다.

'이 정도 기세라면 천여극 그자를 따라잡을 날도 멀지 않았군.'

잔에 가득 따른 술을 들이켜며 그는 옛 오황들끼리 모여 천하제일을 논하던 시절을 떠올렸다.

이로써 현 마교에는 현경 이상의 고수가 네 명이나 모인 셈이다.

어찌 본다면 실질적인 전력만으로는 삼대 세력 중에서 가장 잠재적인 위험이 높다고 해도 과언이 아니었다.

넓고 광활한 공동.

공동 안은 차갑고 음산한 기운으로 가득했다.

넓은 공동 바닥에는 수백 구에 달하는 시신이 안치되어 있었다.

시신들은 약품 처리와 더불어 술법을 더했는지 오랫동안 방치되어 있어도 여전히 생전의 모습을 그대로 유지하고 있었다.

이렇게 수많은 시신을 관리하려면 수많은 인력이 필요했다.

공동 내에는 수십 명의 복면인이 매일같이 돌아다니며 시신의 상태를 살폈다.

창백한 얼굴이지만 나이를 비롯해 성별까지 다양한 시신들은 언제라도 흔들어서 깨우면 일어날 것 같은 모습을 하고 있었다.

"흠, 백구십호도 상태 양호."

시신들을 유심히 살피던 복면인 중 한 명이 들고 있는 종이에 백구십(百九十)호 옆으로 양호(良好)라고 적고 다음 시신을 살폈다.

그때 멀리서 다른 시신을 살피던 복면인이 신경질적인 목소리로 소리쳤다.

"이백팔십호 시신 불량!"

그 말에 공동의 입구 쪽에서 이들을 지휘하던 붉은 혁대의 복면인이 큰 소리로 물었다.

"어떻게 된 거야?"

"이백팔십호의 복부와 다리 쪽이 썩어들어 가고 있습니다."

복면인이 내려다보고 있는 시신의 복부 쪽이 갈변해서 매스꺼운 냄새와 함께 썩어들어 가고 있었다.

붉은 혁대의 복면인이 손짓하자 대기하고 있던 복면인들이 이백팔십호 시신을 밖으로 옮겼다.

시신 같은 경우 하나만 썩어도 주위의 것에도 영향을 주기에 빠른 처리가 필요했다.

그렇게 상태 확인에 들어간 시신들 중에서 불량은 총 세 구였다.

모든 확인 절차가 끝나자 복면인들이 기입한 상태 판들을 확인한 붉은 혁대의 복면인이 오른쪽에 서 있는 다른 복면인에게 말했다.

"오늘 새로 들어온 최상급이 있다고 하지 않았나?"

"그, 그게……."

말하길 껄끄러워하는 복면인의 태도에 그 이유를 눈치챈 붉은 혁대의 복면인이 고개를 절레절레 흔들었다.

"또 이석인 게냐?"

"…이석께서 오늘 오전에 삼백이십번 개체를 가져가셨습니다."

삼백이십번 개체는 최근 들어서 구하기 힘든 최상급이었다.

그런 개체가 들어오는 족족 이석이 자신과 맞는 육체를 찾기 위해 들고 갔는데, 새로운 육체로 단시간에 힘을 회복할 수 있을 리가 만무했다.

"그분께서 당분간 개체를 사용하는 것을 자제하라고 했을 텐데……"

근래에 들어 계속해서 일이 틀어지면서 그분의 분노가 하늘을 찌를 듯했다.

아무리 삼혈로의 일인이라고 할지라도 조용히 넘어갈 것 같지 않았다.

한숨을 내쉬던 붉은 혁대의 복면인이 상태 판과 시신들을 비교하다가 뭔가 이상한 것을 발견했는지 물었다.

"응? 잠깐. 이석이 들고 간 개체 번호가 몇 번이라고?"

같은 시각.

가까운 곳에 자리한 의식을 치르는 공동.

이곳은 공동 중에서 유일하게 천장이 뚫려서 천지의 기운을 받을 수 있는 곳이었다.

공동에서는 열두 명의 복면인이 술법의 주문을 외우고 있었고, 그 가운데 제단 위 나신 상태로 누워 있는 두 명의 중년인이 있다.

콰르르르릉!

태양이 뜨거운 정오였음에도 불구하고 갑자기 마른하늘에 천둥소리가 울려 퍼졌다.

이윽고 천지간의 기운이 역행하며 제단의 주위를 둘러싸고 있던 열두 복면인의 몸이 심하게 흔들렸다.

콰르르, 쾅쾅!

주문을 읊는 소리에 맞춰서 벼락과 천둥소리가 어우러지더니 이내.

"푸웃!"

열두 복면인이 동시에 피를 토하며 바닥에 쓰러졌다.

그와 동시에 제단의 주위로 짙고 붉은 안개가 휩싸이더니 오른쪽에 자리해 있던 중년인의 몸에서 붉은 빛의 무언가가 튀어나와 왼쪽에 누워 있는 중년인의 몸으로 스며들었다.

이윽고 얼마 있지 않아 왼쪽에 있던 중년인이 감고 있던 눈을 떴다.

빛나는 붉은 안광은 부활 의식을 치렀음을 의미했다.

반대로 오른쪽에 자리하고 있던 중년인은 의식이 끝나자 얼굴부터 시작해 몸 전체가 파랗게 변색되며 시체처럼 변했다.

붉은 안광을 내뿜는 중년인이 손을 내밀자 제단 밖에서 대기하고 있던 복면인이 나타나 파란 가면을 넘겼다.

얼굴에 파란 가면을 쓴 그는 바로 삼혈로의 서열 이위인 이석이었다.

"이 몸의 주인이 누구라고 했지?"

"벽혈단검 섭청이라 들었습니다."

벽혈단검 섭청은 사파 무림에서도 명성이 자자한 검의 고수였다.

악랄한 검초로 백 명에 가까운 무림 고수들의 귀를 베어서 수집하는 미치광이로 유명한 자이기도 했다.

최근 들어서 사파 무림인들이 사파 연맹에 집결하는 것과 달리 여전히 혼자서 활동하는 자였다.

"화경의 극에 달한 자로 교마 대주와 설금 대주가 합공해서 겨우 제압했다고 하더군요."

그의 육신을 구하기 위해 백팔 대주 중 최강이라 불리는 팔신장 중 두 명이 나섰다.

만약 죽이는 것만을 목적으로 했다면 한 명으로도 충분했겠지만 부활을 위한 개체로 사용하기 위해서는 깨끗한 육신이 필요했다.

"크크큭, 화경의 극에 달한 자라면 빠른 시일 내로 무공을 회복하는 데 도움이 되겠지."

파란 가면의 이석은 백타산장에서 육신을 잃으면서 살아남기 위해 현저히 무공이 낮은 육신으로 회귀할 수밖에 없었다.

부활하고 나서 수십 년을 수련하여 현경에 오른 그가 한순간에 그 힘을 잃고 나니 그 상실감은 말로 다 할 수가 없었다.

최근에 높은 경지에 오른 개체들은 전부 구 무림의 고수들을 부활시키기 위해 쓰였기 때문에 남은 개체는 고작 초절정의 경지인 자들이 전부였다.

'구 무림 녀석들 중에 한 놈만 희생하자고 그렇게 사정했건만.'

적어도 화경의 경지에 이른 육신을 얻고 싶은 그의 바람을 혈마는 허락하지 않았다.

그러던 와중에 며칠 전에 화경의 극에 이른 육신을 손에 넣었다는 말을 듣고 부랴부랴 부활 의식을 치른 것이다.

"한데 그분께서 허가를 내리신 것은 확실하죠?"

이곳에서 의식을 담당하는 복면인의 미심쩍은 질문에 이석이 신경질적으로 답했다.

"지금 감히 본좌를 의심하는 것이냐?"

"아, 아닙니다. 다만 절차대로 그분의 허가증을 가지고 오지 않으셔서."

의식을 치를 때마다 주술사 열두 명을 매번 희생시켜야 했기에 혈마의 허가증을 가지고 와야만 의식을 진행할 수 있었다.

하지만 이석은 무작정 달려와서 허가를 받았다는 식으로 의식을 진행했다.

그렇기에 의식 담당자인 그가 의문을 품은 것이다.

"함부로 의심하지 말라. 그분의 뜻을 거스르려는 것이더냐?"

"헉! 그, 그럴 리가 있겠습니까?"

겁을 집어먹은 의식 담당자가 바닥에 엎드려 이석에게 머리를 조아렸다.

그런 그를 경멸스러운 눈빛으로 내려다보던 이석이 몸 상태를 살펴보기 위해 운기를 해보았다.

그 순간 가면의 틈새로 비추는 이석의 붉은 안광이 흔들렸다.

한편, 근거지에서 가장 최상층에 해당하는 공동.

공동 내에는 수많은 석실이 있었고, 그중 한 곳에는 수백 개에 가까운 촛불이 벽면을 채우고 있었다.

석실의 석좌에는 붉은 안광의 사내가 앉아 있었고, 그의 앞으로 금색 혁대를 매고 있는 검은 복면인들이 한쪽 무릎을 꿇고 보고하고 있었다.

"무림맹에서 공식적으로 마교에 전쟁을 선포했습니다."

"거짓 정보일 확률은?"

"무림맹의 성으로 수십만 석에 이르는 병량미를 비롯해 무기 유입이 증대되는 것을 보아 전쟁에 대비하는 것 같습니다."

수십만 석에 이르는 병량미를 모은다는 것은 장기전에 대비한다는 의미이다.

무림인이라고 해도 수만에 이르는 두 세력의 총력전은 대전쟁 그 자체이기 때문에 단기간에 끝나지 않을 확률이 높았다.

"정파 무림은?"

"구대문파를 비롯해 여러 중소 문파에서 대대적으로 병력을 차출해 무림맹으로 입성하고 있습니다."

놀랍게도 그들은 현 무림의 돌아가는 대소사를 정확하게 파악하고 있었다.

수십 년에 걸쳐서 갖춘 정보망은 중원무림 전체를 아우를 만큼 넓었다.

최근에 있었던 사파 연맹과 무림맹의 전쟁도 사전에 많은 정보를 파악하고 있었기 때문에 전쟁에 관여하지 않은 것이다.

'흠, 이번에는 거짓이 아닌 것 같군.'

무림 절멸을 목표로 하는 혈교에 있어서 정사 전쟁은 좋은 기회였다.

하지만 너무나도 급진적으로 일어나는 정황을 의심스럽게 여긴 혈뇌의 반대로 정사가 아닌 천마와 마교를 노린 것이다.

"마교 측의 움직임은?"

"마교에서도 각 중원에 있는 지부들의 전력을 전부 끌어모으고 있습니다. 다만 그 정보를 계속해서 차단하고 있는 것이……."

천라지망 사건이 있던 후로 마교의 정보망 체계가 점조직화
가 되었다.

때문에 혈교에서도 어느 순간부터 마교의 정보가 차단되어
서 이를 파악하기 힘들어졌다.

그림자에 가려진 사내의 입꼬리가 올라갔다.

"그 상황에서 선공을 취할 생각인가? 과연 놈다운 발상이
야."

이미 무림 전체로 정파무림 인사들의 죽음과 마교의 소교
주가 중상을 당한 것이 소문났다.

실제로 무림맹에 있는 첩자들로부터 이를 파악한 혈교였다.

그가 알고 있는 천마의 성정이라면 절대로 이 사건을 묵과
할 리 없었다.

무림맹이 공식적으로 전쟁을 선포해서 무림의 여론과 지지
를 끌어낸다고 한다면 분명 그들이 준비를 마치기 전에 선공
을 할 것이다.

"때가 된 것인가?"

"오오오!"

그림자 속 사내의 의미심장한 말에 복면인들의 어깨가 떨렸
다.

그동안 이뤄진 대계는 전부 혈교의 무림 절멸을 위한 준비

였지만 수십 년 동안이나 고착된 상황이다.

이미 그들은 무림 전체를 아우르는 전력을 갖춘 상태였다.

"팔신장과 삼혈로, 구왕을 불러라."

"충!!"

그림자 속 사내의 명령에 복면인들이 큰 목소리로 복명하며 빠르게 석실을 빠져나갔다.

혈교의 전력을 이끄는 백팔 대주 중에서 최강의 무력을 지닌 팔신장.

그리고 혈교 삼대 세력의 주축인 삼혈로.

마지막으로 혈교에서 현(現) 무림의 고수들을 상대하기 위해 부활시킨 구(舊) 무림의 최고의 무력을 지닌 아홉 고수인 구왕(九王).

부활한 혈교의 모든 전력이라 할 수 있는 그들을 전부 소환한다는 것은 무림과의 전면전을 의미한다.

금색 혁대의 복면인들이 사라지고 두 눈을 감으려던 찰나에 소란스러운 소리가 들려왔다.

"안 됩니다! 그분께서 아무도 들이지⋯⋯!"

쾅!

석실 문이 열리며 누군가 강제로 복면인을 밀쳐내고 들어왔다.

"이석?"

그는 바로 삼혈로의 이석이었다.

이 석실로 들어오기 위해서는 그림자에 가려진 사내 혈마(血魔)의 허락이 없으면 불가능한데 강제로 들어온 것을 보면 굉장히 다급한 듯했다.

숙숙숙!

이석이 석실의 한가운데로 들어서자마자 수많은 금색 혁대의 복면인들이 나타나 그를 둘러싸고 요혈에 검을 들이밀었다.

목숨이 위태로운 상황 속에서도 이석의 붉은 안광에는 깊은 분노가 가득했다.

"어째서 이런 짓을 한 겁니까?"

"무슨 말을 하는 것이냐?"

이석의 노기 섞인 질문에 혈마가 담담한 목소리로 반문했다.

그러자 이석은 자신이 쓰고 있는 파란 가면을 바닥에 벗어던지며 소리쳤다.

"어째서 가짜 몸을 가지게 속였냐는 말입니다!"

이석이 분노하는 것은 바로 지금 그가 가진 육체로 인한 것이었다.

부활 의식을 마친 이석은 운기를 통해서 자신의 몸 상태를 확인하려 했는데, 이를 통해서 자신의 새로운 육신이 화경의 극에 달한 고수의 것이 아님을 알아챘다.

고작해야 일류 고수의 몸에 불과했던 것이다.

분노한 이석은 당장 자신에게 시신을 넘긴 시신 담당자에게 가서 따졌다. 그리고 개체 번호 삼백이십번과 삼백십구번 시신의 위치가 바뀌었음을 확인했다.

시신을 담당하는 복면인 중에 누구도 이 사실을 몰랐다는 것은 누군가 이것에 손을 댔다는 말인데, 이석은 놀랍게도 다른 누구도 아닌 눈앞의 석좌에 앉아 있는 혈마를 범인으로 지목한 것이다.

고오오오!

다른 누구도 아닌 주군인 혈마를 의심하자 복면인들의 몸에서 엄청난 살기가 뿜어져 나왔다.

하나같이 초절정의 무위에 이른 복면인들의 짙은 살기에 이석의 얼굴이 창백해졌다.

일류 고수에 불과한 육신으로 살기를 견디기가 힘들었기 때문이다.

그럼에도 이석의 눈빛은 여전히 날카롭게 그림자 속에 앉아 있는 혈마를 노려보고 있었다.

"이석, 어째서 본좌를 의심하나?"

"내가 주군을 의심할 거라 생각하오?"

행동과는 전혀 상반된 알 수 없는 말에 혈마가 의아한 눈빛으로 물었다.

"그게 무슨 의미지?"

그러자 이석이 의미심장한 목소리로 혈마를 손가락으로 가리키며 소리쳤다.

"언제까지 주군인 척 연기를 할 요량이지, 혈뇌?"

이석이 의구심을 품게 된 것은 그리 오래된 일이 아니었다.

백타산장에서 육신을 내어준 후 회귀하면서 느껴진 묘한 이질감.

그것은 시간이 흐르면 흐를수록 더욱 강해졌다.

부활하기 전부터 이후까지 수십 년에 걸쳐서 주군인 혈마를 보필한 삼혈로였다.

혈교를 세우기까지 피로써 같이해 왔기에 혈마는 삼혈로에게 독자적인 세력권을 만들 수 있는 특권마저 부여했다.

한데 그만큼 삼혈로에 대한 전폭적인 신뢰가 강했던 혈마가 백타산장 이후로 이석을 경계하기 시작했다.

그와의 독대를 피하고 새로운 육신을 지급하는 것을 불허했으며, 근래에는 백팔 대주의 보좌 없이 독자적인 세력만으로 마교의 정벌을 명하기도 했다.

이석은 갈수록 의구심이 강해졌지만 혈마에 대한 두려움으로 자중했다. 하지만 그는 삼혈로 중에서 유일하게 충성심보

다는 의심이 많은 인물이었고, 이번에 육신이 바뀌는 사태가
발생하자 확신하게 되었다.

현재 혈교 내에서 이런 짓을 할 만한 사람은 오직 혈뇌뿐이
었다.

"본좌에게 혈뇌라?"

그림자 속에 가려진 혈마의 눈빛에는 어떠한 흔들림도 분노
도 보이지 않았다.

오히려 흥미롭다는 듯이 이석을 바라보고 있었다.

"어째서 혈뇌라고 생각하는 거지, 이석?"

"혈교 내에서 이런 장난질을 할 놈이 네놈밖에 더 있더냐."

혈마라는 절대 권력 체제로 내려오는 혈교에선 내부의 권
력 다툼은 일절 존재하지 않았다. 전 혈교인이 머릿속에 금제
와 몸속에 고를 가지고 있는데 무슨 수로 그런 마음을 먹을
수 있겠는가.

"고작 그런 이유 때문인 것이냐?"

"이유? 백타산장 때 주군의 혼이 잠시 내 육신을 빌렸을 때
를 노렸겠지. 그 후로부터 달라진 이질감을 내가 느끼지 못했
을 것 같나?"

이석은 금색 혁대의 복면인들에게 들으라는 듯이 그들을
둘러보며 말했다.

가장 가까이에서 혈마를 호위하는 만큼 그 기운의 변화는

이석보다 더욱 민감하게 느꼈을 것이다.

"이래서 그분께서 네놈과 육신을 공유한다고 했을 때 막았어야 했는데."

이석의 발언은 너무도 많은 정보를 포함하고 있었다.

놀랍게도 이석의 말대로라면 혈마의 육신에 혈뇌의 혼도 같이 자리하고 있다는 말이다.

이 사실은, 최측근인 삼혈로를 비롯해서 혈마의 호위무사들만이 알고 있는 정보였다.

의식을 진행한 제사장들은 모두 죽음을 맞이했기 때문에 혈교 내에서도 극소수만이 알고 있었다.

천 년 전, 혈교의 창립 당시에 그 초석을 닦은 인물이 혈뇌였다.

혈교 멸망의 원인으로 혈뇌의 부재가 컸다는 것은 모두가 인정하는 사실이다.

그렇기에 혈교에서는 필요악으로 혈뇌의 부활을 원했다.

하지만 혈뇌를 부활시킨다고 해도 그가 다시 혈교의 대업을 위해서 움직인다고 보장할 수 없기에 택한 차선책이 혈마가 그의 혼을 흡수하는 것이었다.

시간을 들여서 혈뇌의 혼을 흡수해서 그의 뛰어난 계책을 혈마의 것으로 만든다는 것이 목적이었으나, 한 사람의 몸에 두 명의 혼이 들어간다는 것은 혈교의 금지된 술법으로도 불가능에 가까운 일이었기에 삼혈로 모두가 반대한 일이다.

'그때 무슨 수를 써서라도 막아야 했건만.'

혈마의 존재감이나 그 힘을 믿지 못하는 것은 아니었지만 자칫 잘못해서 굴러들어 온 돌이 박힌 돌을 빼는 수가 발생할 수도 있었다.

이석은 혈마가 혈뇌에게 육신을 빼앗겼다고 확신했다.

그런 이석을 흥미롭게 바라보던 혈마가 드디어 입을 뗐다.

"이석."

고오오오오오!

혈마의 입에서 그를 부르는 소리가 떨어짐과 동시에 석실 전체에 엄청난 압력이 일어났다.

그 힘이 어찌나 강한지 그를 둘러싸고 있던 금색 혁대의 복면인들과 이석이 동시에 무릎을 꿇었다.

"크으윽!"

원래의 육신이었다면 몸을 보호할 수 있었겠지만, 현재 일류 고수에 불과한 육체로는 혈마의 기운을 받아내는 것이 불가능했다.

전신을 짓누르다 못해 오장육부마저 조이는 압박감에 이석의 입에서 선혈이 터져 나왔다.

"쿨럭쿨럭!"

이런 고통 속에서 이석의 눈이 흔들렸다.

혈마에게서 뿜어져 나오는 이 위압감은 그가 아니면 도저히 불가능한 힘이었다.

혈뇌는 선천적으로 무공을 익힐 수 없는 몸을 가졌기에 아무리 혈마의 혼을 밀어내고 육신을 차지했다고 해도 육신을 다루는 데 한계가 있을 것이다.

'내, 내 생각이 틀렸단 말인가?'

이석의 두 눈이 흔들렸다.

확신했기에 목숨을 걸고 온 것인데 만약 짐작과 다르게 혈뇌에게 육신을 빼앗긴 것이 아니라면 지금 눈앞 석좌에 앉아 있는 사내는 혈마가 맞는다는 말이다.

"이석, 본좌가 고작 혈뇌에게 몸을 빼앗길 것 같으냐?"

강대한 진기가 실린 혈마의 위엄 어린 목소리에 이석의 얼굴이 창백해졌다.

아무래도 자신은 최악의 실수를 저지른 것 같았다.

'아아아!'

모든 것이 자신의 의심에서 불어난 착각이었다고 생각한 이석은 고통보다도 수치스러움을 이길 수가 없었다.

쿵쿵!

이석이 무릎을 꿇은 상태에서 바닥에 머리를 찧으며 외쳤다.

어찌나 세게 찧었는지 이석의 이마가 찢어져 바닥에 피가 흥건해질 정도였다.

"주군이시여! 이 보잘것없는 당신의 종이 미련하게도 충의를 저버리고 의심을 했나이다! 부디 목숨으로 이 죄를 씻을 수 있도록 해주십시오!"

주군을 의심한 불경죄는 무조건 죽음으로 갚아야 하는 것이 혈교의 법도였다.

그것은 삼혈로라고 해도 예외가 아니었다.

그런데 혈마의 분노로 석실 전체가 흔들릴 만큼 가득하던 진기가 일순간에 수그러들었다.

온몸을 짓누르던 압박감이 사라지자 이석이 의아한 표정을 지었다.

불경을 저질렀기 때문에 죽음을 각오한 그다.

"이석."

"네, 주군!"

"본래라면 너의 불경은 죽음으로 갚아야 하지만 그것이 충정에서 비롯되었음을 인정하여 이번만은 넘어가겠다."

혈마의 뜻밖의 처분에 이석을 비롯한 금색 혁대의 복면인들이 놀란 눈이 되었다.

누구에게도 예외를 둔 적이 없는 혈마의 결정치고는 의외였다.

결국 복면인들 중 한 명이 참지 못하고 이의를 제기했다.

"하나 주군, 이석의 불경은 용서할 수 있는 사안이……."

"감히 본좌의 결정에 이의를 제기하는 것이냐?"

쿵!

"아닙니다!"

심기 불편한 혈마의 목소리에 당황한 복면인이 바닥에 머리를 찧으며 사죄했다.

이를 바라보던 혈마가 다시 말을 이어갔다.

"드디어 본 교의 대계를 눈앞에 두고 있다. 이석 너에게 자비를 베푼 만큼 목숨을 바쳐서 무림 멸절에 견마지로(犬馬之勞)를 다해야 할 것이다."

자비와는 거리가 먼 혈마가 그의 목숨을 살려준 것에는 어떠한 이유가 있기 때문이었다.

그것이 정말로 대계를 위한 것이라면 목숨을 바칠 준비가 되어 있는 이석이다.

무림 멸절이야말로 천 년이나 기다려 온 혈교의 숙원이었기에.

"목숨을 걸고 대계를 달성하겠나이다!"

"계속된 실패로 자숙하라는 의미에서 육신을 지급하지 않았으나, 이제 때가 되었으니 최상급 개체를 허하노라."

"주, 주군의 자비로움에 진정으로 감사드립니다!"

뜻밖의 허락에 이석은 정말로 감동했는지 눈물을 글썽이며 머리를 조아렸다.

금색 혁대의 복면인들은 이 같은 결정을 못마땅해했으나 주군이 결정을 번복할 리 없기에 겉으로 내색하진 않았다.

이석이 석실을 나간 후에야 복면인들의 대주가 조심스럽게 의견을 올렸다.

"아무리 삼혈로의 일인이라 할지라도 주군을 함부로 의심했는데 살려두신다면 후환이 있지 않겠습니까?"

그런 대주의 우려를 비웃기라도 하듯 혈마가 입꼬리를 올리며 의미심장한 목소리로 말했다.

"의심이 많은 개는 그 나름의 쓸모가 있지."

한편, 무림맹과 마교가 공식적으로 전쟁을 벌이기로 한 날짜가 일주일 앞으로 다가왔다.

무림맹은 이번 전쟁만큼은 사활을 거는 듯 중원 각지로 퍼져 있는 전력을 집결시켰다.

곤륜과 북방으로 가 있던 검문의 정예병들을 비롯해 남은 검하칠위는 일찌감치 무림맹의 성으로 복귀한 지 오래였다.

아미파의 현명 사태와 정도 인사들의 죽음으로 촉발되어 구파일방을 비롯한 정파의 중소 문파에서는 기존에 남겨둔 정예 무사들을 아낌없이 무림맹으로 파견했다.

이로써 무림맹에는 기존 현화단의 정보망에서 측정한 인원보다 훨씬 많은 삼만 오천에 육박하는 전력이 속속 집결하고 있었다.

다만 마교와의 동맹 불발 사건이 터졌을 때 사라진 점창파, 종남파, 공동파, 청성파, 곤륜파와 더불어 오대세가인 하북팽가와 제갈세가, 그리고 열한 개의 중소 문파에서 중립을 표명하면서 전쟁 불참을 선언하자 상황이 묘하게 돌아가게 되었다.

만약 정파무림 중 이 할에 해당하는 이들 전력까지 합류했다면 적어도 사만 명에 이르는 압도적인 병력으로 마교와의 전쟁을 치를 수 있었을 것이다. 하나 그들을 당시 동맹 불발의 원인으로 추측하기에 검황은 무리해서 전력에 편성시키지 않았다.

무림맹의 성 내에는 수많은 넓은 연무장이 자리하고 있었는데, 그 모든 연무장을 채우고도 남을 정도로 수많은 정예병이 있었다.

각 문파의 정예병들은 정파를 상징하는 푸른색 상의로 옷을 통일하고 열병식을 통해 전의를 높여갔다.

이를 높은 단상에서 검황을 비롯한 정도 무림의 수뇌부들이 흡족한 얼굴로 내려다보고 있었다.

이 정도의 전력이라면 거의 한 일국의 정규군에 버금가는 숫자였다.

더군다나 이들 전부가 무림인이라는 것은 거의 수십만 대군에 필적한다고 봐도 과언이 아니었다.

화산의 매화검선 연운자가 검황에게 물었다.

"내일이면 거의 대부분의 전력이 집결할 터인데 맹주께서는 마교에 선공을 취할 것입니까?"

공식적으로 전쟁을 선포했으니 선공권이 무림맹에 있기는 했다.

그렇다 하여도 성을 끼고 전쟁을 하게 된다면 수성과 공성전의 양상으로 번지기에 장기전이 될 확률이 높았다.

답을 한 것은 검황이 아닌 그의 옆에 서 있는 대제자 종현이었다.

"어차피 마교는 저희 무림맹보다도 전력에서 현저히 밀려서 수성전을 택할 겁니다. 이를 위해서 저희도 군량미를 충분히 축적했으니 장기전이 되어도 불리한 것은 오히려 마교 측이 될 것입니다."

사만 명에 이르는 무림맹과 일만 오천 명에 불과한 마교의 전쟁이다. 마교에서도 그런 전력 차를 감안해서 수성전을 위한 군량미를 축적하고 있을 것이다.

하지만 수성을 하는 입장에서 장기전이 된다면 축적된 군량이 소모될수록 심리적인 압박감으로 전의를 상실할 수밖에 없었다.

"내일 남은 전력이 도착하면 이틀 정도 휴식을 취한 뒤 출정식을 진행하고 곧장 십만대산으로 진격할 것이오. 두 번째인 만큼 전보다 어려움은 없을 거라 생각하네."

자신감이 넘치는 검황의 말에 정파의 인사들이 동의하는 듯 고개를 끄덕였다.

당시에도 검하칠위와 검문의 정예병만으로 마교 정벌에 성공한 것은 이미 정, 사, 마를 막론하고 모두가 알고 있는 사실이다.

종현은 그 당시 검문의 정예병들을 이끌고 마교 정벌에 성공했기에 십만대산 마교의 성으로 침투하는 수많은 경로부터 취약점까지 모두 파악하고 있었다.

다시 전쟁을 한다면 전보다 훨씬 속전속결로 끝낼 자신이 있었다.

"방심은 금물이다."

"네, 스승님."

적당한 자신감은 좋지만 그 이상은 과신이 되어버린다.

검황의 지적에 종현이 공손히 답했다.

종현이 내보이는 자신감처럼 검황 역시도 전쟁에서 질 거라는 생각은 없었지만, 전과는 달리 동맹 체결을 위해 사자로 왔던 그자가 마음에 걸렸다.

'위험한 남자다.'

천마와 겨뤄본 만큼 그를 경계할 수밖에 없는 검황이다.

그러나 높은 무위만큼이나 뛰어난 지략을 갖추는 것은 어려운 일이었다.

결국 관건은 검황 본인이 그를 얼마나 빠르게 제압해서 마교의 전의를 상실하게 만드는가에 있었다.

그때 연무장의 단상 쪽으로 전보를 알리는 무사가 다급하게 경공을 펼치며 다가왔다.

얼마나 급하게 왔는지 창백해진 얼굴로 무사가 외쳤다.

"매, 맹주님! 전보입니다!"

이에 심상치 않음을 느낀 검황이 인상을 찌푸리며 물었다.

"대체 무슨 일이냐?"

검황의 물음에 전보가 호흡을 가다듬으며 말했다.

"마, 마교의 대군이 지금 이곳으로 북상 중이라고 합니다!"

"뭐야?"

누구도 예상하지 못한 일이었다.

두 배에 가까운 전력 차를 극복하기 위해 수성전에 돌입할 거라 여긴 마교가 도리어 군을 이끌고 북상 중이라는 말에 검황을 비롯한 정도 무림 수뇌부들의 얼굴이 황당함에 굳었다.

69장

공성계

마교의 북상 소식은 수많은 급보를 낳아 무림 전체로 퍼져 나갔다.

워낙 대군이다 보니 눈에 띄지 않을 수가 없었고, 초유의 전쟁이 예고되어 있는 상황이었기에 중원무림 전체의 이목이 향해 있었다.

이런 북상 소식은 당연히 사파 연맹도 접할 수밖에 없었다.

사파 연맹의 본단에서는 북호투황이 무명과 함께 이 소식에 대해서 상의하고 있었다.

"예상과는 조금 다른 방향으로 흘러갔군."

무명 역시도 이번 전쟁의 양상을 무림맹의 대대적인 십만대산 침공으로 예상했다.

아미파의 명숙인 현명 사태를 비롯해 수많은 정도 무림의 인사들이 죽었기 때문에 정도 무림의 분노가 이만저만이 아니었다.

내부적인 문제를 제치고 검황이 공식적으로 전쟁을 선포할 정도라면 충분히 그 의지를 관철해 보인 것이다.

"마교에서 대체 무슨 배짱으로 선공을 노린 건지 모르겠구만. 허허."

호전적인 북호투황이었지만 그렇다고 병략을 완전히 모르는 멍청이는 아니었다.

적어도 두 배 이상의 전력 차가 난다면 지리적인 이점이나 혹은 상대의 전력을 분산시키는 등의 전략으로 나올 텐데 마교는 오히려 선공을 선택했다.

"달걀로 바위 치기의 형태가 아닌가."

"그건 아닐 걸세."

한심하다는 듯이 말하는 북호투황의 의견에 무명이 고개를 저었다.

그가 알고 있는 천마는 뛰어난 지략과 탁월한 병법으로 확실한 승리가 아니라면 움직일 리가 없는 사내였다.

"지금 마교가 선공을 택했다는 것은 확실한 승기가 있기 때문이네."

"자네는 그 천마라는 자를 너무 과대평가하는 것은 아닌가?"

북호투황은 매번 무명이 천마를 경계하는 것을 그리 탐탁지 않게 여겼다.

그가 아무리 천 년 전 전설적인 무인이자 마교의 개파 조사일지라도 현 무림은 과거와 비교해 그 규모와 양상이 달랐다.

"과거의 강자가 현재에 약자가 되리라고 착각하는 우를 범하지 말게."

"동검귀한테 당한 그대가 할 말은 아닐 텐데?"

북호투황의 도발하는 말에 무명이 고개를 절레절레 흔들었다.

애초부터 무인이라는 자존심보다 대계를 우선시하는 그였기에 가능한 일이었다.

"그래, 우리 대사파 연맹의 군사께서는 이제 어찌해야 좋을 것 같소?"

능청스러운 북호투황의 물음에 무명이 탁자 위에 펼쳐진 중원 전도에서 무림맹이 있는 하남성을 철장 끝으로 가리켰다.

"전황이 예상과는 달라졌지만 어차피 장소가 바뀐다 해도 이동 경로가 짧아지니 우리에겐 나쁠 것 없네."

사파 연맹은 하남성의 북단인 하북성에 자리해 있었다.

원래는 시일이 걸리더라도 산동에서 강소, 안휘, 강서를 경로로 사파 연맹의 전력을 이끌고 십만대산의 배후에 진을 치려고 한 것이 전략이었다.

이것은 마교가 수성전을 통해 장기전을 유도했을 때를 위한 책략이었지만 그들이 침공을 선택했기에 오히려 사파 연맹은 이동이 수월해졌다.

"후후, 잘됐군."

"다만 걸리는 것이 있네."

"그게 뭔가?"

"마교에서 공성을 선택했다면 분명 단기전으로 끝낼 자신이 있다는 말인데… 노부는 그 계책을 도무지 짐작하지 못하겠네."

"어차피 우리의 목적은 무림 대전쟁이 일어나는 것뿐이지 않나?"

"그렇기야 하지만……."

북호투황의 말대로 어떤 식으로 전쟁이 진행되는지는 중요하지 않았다.

오직 대전쟁을 통해서 혈교를 끌어내는 것이 목적이었다.

그것이 무명이 절치부심으로 세운 조호리산(調虎離山), 호랑이를 산에서 끌어내는 계책이었다.

'북호투황의 말대로이건만… 어째서 이렇게 찜찜한 거지?'

모든 것이 계획대로였지만 매번 일어나는 천마의 돌발 행동은 예측 범위를 넘어섰다.

하지만 이번만큼은 천마라고 해도 자신들의 뜻대로 움직일 수밖에 없을 것이다.

전쟁을 이길 수 있는 계책을 세웠다고 한들 그는 이번 대전쟁을 통해서 혈교와 함께 사라질 것이다.

'이 전쟁을 통해서 두 호랑이를 제거할 것이다.'

천 년의 전설로 남은 마도의 종주인 천마와 무림사에 다시 없을 혈겁의 재래인 혈마를 동시에 없앨 수 있다면 그야말로 일석이조가 아니겠는가.

나흘의 시간이 흘렀다.

무림맹이 마교에 전쟁을 벌이기로 선포한 날짜까지 삼 일이라는 시간을 앞두고 있었다.

그러나 마교가 북상해 오는 진격 속도가 무림맹의 예측과는 다르게 매우 빨랐다.

이제 그들은 불과 하루 정도면 무림맹에 도달할 정도로 가까워졌다.

정보망을 통해 이를 파악한 무림맹은 수성전을 위해 만전을 기하고 있었다.

늦은 밤이었는데도 무림맹의 성벽과 성 내는 횃불로 밝혀져 있었다.

언제 쳐들어올지 모르는 마교의 공격에 대비해서 철두철미하게 경계를 서는 것이다.

무림맹의 가운데에 자리한 검문 내 검황의 거처 역시도 불이 꺼지지 않고 있었다.

검황은 숙소 침상에 앉아 조용히 명상을 통해 심기일전(心機一轉)하고 있었다.

압도적인 전력 차를 가진 전쟁이었지만 마교는 마치 그런 차가 존재하지 않는다는 듯 북상해 오고 있었다.

'처음 겪는 수성전이로군.'

그가 무림에 출두한 이래 처음으로 적을 맞이한다.

여태껏 무림 일통이라는 목표 아래 항상 침공만 했지 당하는 것은 처음이었다.

하나 그렇다고 달라질 것은 아무것도 없었다.

이번에 마교와의 전쟁에서 이겨 사파 연맹까지 이어서 해결한 후 정파로 일통을 한다면 다시는 맹을 이탈하는 세력은 발생하지 않을 것이다.

스륵!

"응?"

명상 중이던 검황이 알 수 없는 기척을 감지하고 감고 있던 눈을 떴다.

현경의 극에 이른 만큼 이곳 무림맹 성 내에 있는 대다수의 기를 감지할 수 있는 검황이다. 한데 그런 그가 가까운 반경에 누군가가 진입해서야 그 존재를 알아챘다.

'…고수다!'

이 정도 거리까지 기척을 숨겼다는 것은 적어도 화경의 극에서 현경 이상의 경지에 오른 고수여야만 가능했다.

검황이 손을 뻗자 벽면에 걸려 있던 창천검의 검집이 빨려 들어 왔다.

만약에 적이 확실하다면 빠르게 제압해야 했다.

전쟁을 치르기도 전에 이런 전율적인 고수가 무림맹에 몰래 침입했다는 것은 그 머리인 자신을 먼저 처리하기 위해서일 것이다.

그러나.

"음?"

몰래 침입한 자는 예상과는 다르게 검문을 월장하고 나서는 마치 일부러 검황이 기척을 느끼라고 표시라도 하듯이 태연하게 그의 숙소 앞으로 걸어왔다.

심지어.

똑똑!

검황의 방문을 두드리는 대담한 행동마저 했다.

담대한 월담 손님의 행동에 검황이 혀를 내두르며 들어오라고 일렀다.

방문이 열리며 복면인이 그의 방으로 들어왔다.

착!

검황의 검집에서 반쯤 창천검이 빠져나와 그 날카롭게 모습을 드러낸 검날로 복면인의 목을 겨눴다.

조금만 움직인다면 복면인의 목을 가차 없이 베어버리리라.

"누구냐?"

질문에도 불구하고 그가 움직이려 하자 검황이 손에 힘을 주어 날카로운 창천검으로 복면인의 목을 살짝 베었다.

주르르륵!

복면인의 베인 목에서 피가 흘러내렸다.

조금만 움직여도 목을 다 벨 것이라고 경고한 것이다.

그 경고를 알아들었는지 복면인이 천천히 고개를 끄덕이며 검황에게 전음을 보냈다.

전음성을 듣는 순간 검황의 눈빛이 흔들렸다.

"아니, 그대가 어떻게⋯⋯?"

그 전음성은 검황이 잘 알고 있는 목소리였다.

마교와의 동맹이 파하던 날 천마와 겨루던 도중 들은 그 전음성의 주인이었다.

"어째서 그대가 이곳에 다시 나타난 것이오?"

검황은 이해할 수 없다는 듯이 복면인을 노려보며 물었다.

복면인은 그런 검황의 의문을 풀어주려는지 계속해서 전음으로 무언가를 말했다.

전음을 듣는 내내 검황은 이해할 수 없다는 표정을 지었다.

"대체 그게 무슨 소리오? 성문을 개방하라니? 그렇다면 어찌 전쟁을 치르란 말이오?"

검황은 뜬금없는 복면인의 말에 어이가 없다는 듯이 물었다.

복면인은 내일 있을 전쟁에 농성하지 말고 성문을 개방하라고 전했다.

그건 적이 편하게 성 내로 들어오라고 길을 터주는 행동이 아닌가.

복면인이 고개를 저으면서 전음을 이어서 보냈다.

"뭐? 공성계를 펼치란 말이오?"

공성계(空城計).

그것은 아군이 방어를 하지 않는 것처럼 꾸며서 적을 혼란스럽게 하는 작전이다.

이 대담한 계책은 보통 전력이 열세일 때 펼치는 것이기에 마교와 비교한다면 거의 두 배를 상회하는 병력을 지닌 무림맹이 펼칠 만한 병법은 아니었다.

"그렇게 해서 최악의 상황이 발생한다면 어찌한단 말이오?"

이번 전쟁엔 무림맹의 미래가 달려 있기에 함부로 모험을 할 수가 없었다.

그런 검황의 사정을 복면인은 전혀 고려하지 않는지 계속해서 공성계에 관해 전음을 보내왔다.

"공성계를 펼친다면 그대들이 같이 압박을 하겠다?"

복면인의 황당무계한 계획에 검황은 망설여졌다.

정말로 복면인의 뜻대로 된다면 무림맹은 빠르게 적을 섬멸시키고 승리를 쟁취할 것이다.

하지만 실패하게 된다면 성 내가 통째로 아수라장이 되어 피바람이 일어날지도 몰랐다.

그런 검황의 고민을 알기라도 하듯 복면인이 결정을 내릴 수 있도록 최후의 전음을 보냈다.

"흠……."

진지하게 고찰한 검황은 결국 복면인의 뜻을 받아들이기로 했다.

하지만 여전히 그 계획을 일부 불신하기에 복면인에게 살기 어린 목소리로 경고했다.

"만약 그대가 본좌를 기만한 것이라면 반드시 찾아내서 죽일 걸세."

검황의 손에 들려 있는 창천검에서 흘러나오는 살기는 언제라도 복면인의 목을 앗아갈 수 있다고 경고하고 있었다.

그러나.

탱!

복면인 역시도 몇 차례 자신을 위협한 검황의 검이 마음에 들지 않는지 손가락으로 검신을 튕겼다.

깡!

"헛?"

그 순간 심후한 공력에 검집 밖으로 반쯤 나와 있던 창천검이 도로 밀려들어 갔고, 심지어 검황의 신형마저도 삼 보 뒤로 밀려났다.

'공력이 보통이 아니구나!'

놀란 검황이 붙잡으려 했으나 그는 이미 사라진 지 오래였다.

경공마저도 범상치 않은 실력을 지닌 자였다.

기감을 열어서 살펴보았으나 어찌나 빠른지 포착할 수 있는 범위를 벌써 벗어나 버렸다.

오황 이외에 이런 전율적인 고수가 있다는 사실에 검황의 얼굴에 근심이 서렸다.

하지만 그보다도 더 중요한 것이 있었다.

"밖에 누구 있느냐?"

"넵! 맹주님, 부르셨습니까!"

검황의 부름에 밖에서 대기하고 있던 검문의 호위무사가

들어왔다.

검문 곳곳에 이렇게 많은 호위무사들이 보초를 서고 있건만 그들조차 알아채지 못하게 자신의 숙소로 잠입한 복면인의 경공 실력이 경이로웠다.

"당장 대전으로 각 파의 수장들을 불러라!"

"알겠습니다!"

그렇게 전쟁을 앞둔 늦은 밤 무림맹의 대전에 긴급회의가 소집되었다.

다음날, 아직 해가 뜨지 않은 이른 새벽 무렵.

오후에나 도착할 거라 여긴 마교의 만 오천 명에 이르는 군세가 무림맹의 남문 성 근처에 도달했다.

붉은 글씨로 천(天)이라 새겨진 검은 무복을 입은 군세가 오열을 갖춰서 진군해 오는 모습은 그야말로 위세가 등등하고 보는 이로 하여금 전쟁을 실감나게 해주었다.

비록 무림맹에 비해서 그 전력이 두 배나 모자랐으나 전의나 군기만큼은 최고치에 달해 있었다.

"이 능선만 넘으면 무림맹의 성이다! 전군! 진군하라!"

가장 선두에서 말을 타고 진두지휘하는 교주 천극염의 외침에 교인들이 함성을 지르며 진군했다.

"와아아아아아아아!!"

"무림맹을 쳐부수자!!"

그러나 능선을 넘어 무림맹의 성 앞에 도착하자, 그들은 눈앞에 펼쳐진 터무니없는 광경에 순간 말문이 막히고 말았다.

"이게 무슨……?"

넓게 펼쳐진 거대한 무림맹의 성벽 위에는 방어선을 펼쳐야 할 병력조차 없었고 사람의 그림자도 보이지 않았다.

심지어 남문 입구가 활짝 열려 있어 마치 그들을 맞이하는 형태를 하고 있었다.

무림맹의 성은 그야말로 텅 빈 유령 성과 같았다.

"설마 지금 공성계를 펼치는 것인가?"

병법에 능통하지 않은 천극염이었지만 공성계를 어떤 의도로 하는지는 알고 있다.

허장성세를 통해 적을 속이는 계책인데, 군이 전력 면에서 더욱 우위에 있는 무림맹이 취할 만한 방법은 아니었다.

더군다나 현경의 경지에 오른 천극염에게는 성 내에 숨어 있는 수많은 고수들의 기운이 뚜렷하게 느껴졌다.

무림인이 아닌 일반 군을 운용하는 자가 군략으로 행하는 것이라면 모르겠으나 수많은 고수들이 포진해 있는 무림 세력 간의 대결에서는 무의미한 일이었다.

"오히려 더 잘됐군. 우리에게는 그것이 있으니. 성 내로 단숨에 진격한다!"

이 전투를 위해 준비한 것이 있었다. 성이 열려 있다면 더욱 그것을 사용하기 용이해진다.

천극염의 명령에 각 부대를 이끌고 있는 장로들이 손을 들어 표시하자, 맨 앞줄의 교인들이 진격의 표시가 그려진 파란 깃발을 들어 올렸다.

"와아아아아아!"

깃발을 확인한 만 오천 명의 교인들이 일제히 함성을 지르며 성 내로 진격했다.

성문이 열려 있다면 굳이 들어가지 않을 이유가 없었다.

만 오천 명에 이르는 엄청난 인원의 마교인들이 진격하자 성벽이 흔들리며 그 내부에서 대기 중이던 무림맹의 무사들을 긴장하게 만들었다.

드디어 천 년 만에 무림 역사상 가장 큰 규모의 정마대전이 시작되었다.

"흐음."

이런 대규모 접전이 일어나는 것을 멀리서 지켜보는 이가 있었다.

무림맹의 성에서 십 리 정도 떨어진 곳, 장송(長松)의 꼭대기에 적포를 걸치고 붉은 가면을 쓴 남자가 있었다.

가면의 틈새로 보이는 붉은 안광이 가득한 눈은 매처럼 먼 곳을 응시하고 있었다.

무공이 높은 고수들이라고 해도 이 정도 거리라면 육안으로 전황을 파악하기 힘들건만, 붉은 가면의 남자는 마치 눈앞의 일을 보는 것처럼 정확히 전황을 꿰뚫어 보고 있었다.

쟁쟁쟁!

수만 명의 무림인이 싸움을 시작하자 성 밖으로까지 병장기 부딪치는 소리가 퍼져 나갔다.

"시작되었군."

무림맹의 성벽이 주위에 있는 산등성이보다도 높았기에 그 내부에서 벌어지는 것은 보이지 않았지만 전의가 넘치는 함성과 울려 퍼지는 병장기 소리는 본격적으로 전쟁이 시작되었음을 알려주었다.

탁!

장송 꼭대기에 있던 붉은 가면의 사내가 가벼운 몸놀림으로 바닥으로 내려왔다.

그 밑에서 대기하고 있던 하얀 가면에 주홍빛 화려한 옷을 입은 여자가 말을 걸었다.

"전쟁이 시작되었나요?"

"마교의 대군이 성 내로 진격했다."

"드디어 때가 되었군요!"

붉은 가면의 사내는 혈교를 지탱하는 삼혈로의 첫 번째 서열인 일석이었다.

그리고 그에게 말을 건 하얀 가면의 여자는 삼혈로의 세 번째 서열인 삼석이었다.

"오늘로써 마교와 정파무림은 이 중원에서 사라지게 될 것이야."

"빌어먹을 천마 놈에게 빚을 갚아줄 때가 되었군요."

"새로운 몸에는 적응되었나?"

절곡에서 천마에게 부상을 입은 삼석은 아무리 운기를 해도 내공이 흩어지는 증상 때문에 준비해 두었던 새로운 육신으로 옮길 수밖에 없었다.

천음지체를 얻어서 혈교의 삼대 호법 무공인 소수혈공을 완성시키려 했으나, 그 계획이 무산되었기 때문에 아껴두었던 최상급 개체를 써야만 했다.

사아아아!

천음지체 못지않은 차가운 한기가 그녀에게서 발산되고 있었다.

이 정도라면 그동안 익히지 못한 극성의 소수혈공을 발휘하는 데 큰 어려움이 없을 만큼 그 음기가 강했다.

"좀 더 아름다운 육체를 원했는데, 흥!"

사실 부활하면서 가진 육신보다 지금의 새로운 육신이 훨씬 소수혈공을 익히기에 적합했으나, 그동안 미뤄온 것은 새 육신에 넘치는 상처 때문이었다.

무인이기 이전에 한 명의 여자로서 온몸이 상처를 입은 육신을 꺼린 그녀였지만 피치 못할 상황이 되니 더는 어쩔 도리가 없었다.

"이번에는 반드시 천마의 목을 취할 겁니다."

그녀의 붉게 물든 손끝에 닿은 나뭇가지 전체가 하얀 김을 내뿜더니 이내 얼어붙어서 바스라지고 말았다.

이를 흡족한 눈빛으로 바라본 일석이 큰 목소리로 외쳤다.

"이제 피의 잔치를 시작해 볼까!"

붉은 가면의 일석의 말이 끝남과 동시에 그의 뒤쪽에 있는 우거진 숲에서 수많은 붉은 안광이 모습을 드러냈다.

무림 멸절을 위해서 천 년 만에 집결한 혈교의 피의 전사들인 백팔 대주였다.

또한 모습을 드러낸 것은 그들뿐만이 아니었다.

수를 헤아리기 힘들 정도의 엄청난 복면인들이 수많은 산등성이를 뒤덮고 있었다.

얼핏 보아도 수만 명에 이르는 대병력이었다.

이렇게 많은 혈교의 병력이 정도의 성지라 불리는 하남에 이르도록 무림맹을 비롯한 마교의 정보망은 그들의 이동 경로를 전혀 파악할 수 없었다.

이는 당연한 일이었다.

혈교는 몇 십 년에 걸쳐 이날을 위해 중원 전체에 수많은 지하 공동과 거대한 지하 통로를 만들었다. 그들은 눈에 띄는 도시와 마을을 피해서 대규모의 병력을 은밀히 움직였다.

한 번도 마교 현화단을 비롯해 검문, 하오문, 개방과 같은 뛰어난 정보망에도 걸리지 않고 신출귀몰할 수 있던 것에는 이 같은 비밀이 숨겨져 있었다.

"구왕도 저희와 함께하는 것이 아니었습니까?"

백팔 대주와 그들의 정점이라 불리는 팔신장의 모습은 보였지만 구왕을 비롯해 구 무림의 무림인들이 보이지 않자 삼석이 물었다.

"후후후, 그들은 이석과 함께 다른 곳으로 파견되었지."

그녀의 물음에 일석이 웃으며 말했다.

"이석이요?"

이석은 새로운 육신을 얻은 지 얼마 되지 않아서 적응기를 가질 거라 여겼는데 벌써 전쟁에 투입되는 것을 보면 대계의 마지막 종장이 시작되는 것이 분명했다.

"우리의 뒤통수를 노리는 것들까지 한 번에 처리하기 위해서지."

"…그자를 말하는가 보군요."

일석과 삼석이 이런 대화를 하고 있을 무렵, 하남의 동쪽에서 가까운 안휘의 북쪽에서는 이만 명에 이르는 사파 연맹의 대군이 서쪽으로 진군하고 있었다.

기일에 맞추기 위해 빠른 속도로 우회해서 남하해 온 사파 연맹이다.

원래 그들의 도착 예정일은 삼 일 후였으나 마교의 대군이 벌써 무림맹의 영역으로 진입했다는 급보에 서두른 것이다.

두 진영이 박 터지게 싸우는 것은 상관없었다.

단지 혈교에서 중간에 개입할 무렵까지는 도착해 그들의 뒤를 쳐야만 외통수를 노릴 수 있었다.

"제길, 예측한 날보다 훨씬 빨리 도착하다니 어지간히도 급했나 보군."

선두의 달리는 말 위에서 투덜거리는 인물은 바로 북호투황이었다.

자신의 거구보다 훨씬 작아 보이는 흑마(黑馬)가 지쳤는지 혀를 길게 내밀고 거친 숨을 토해내며 달리고 있었다.

"쯧, 또 말을 갈아야 할지도 모르겠군."

쓰러질 것 같은 자신의 흑마를 바라보며 북호투황이 한숨을 내쉬었다.

"급한 게 아니라 그만큼 자신이 있다는 의미일 걸세."

무명도 예상보다도 훨씬 빠르게 북상해 온 마교의 진군이 의아하기는 마찬가지였다.

이렇게 빠르게 도착했다는 것은 분명 무림맹을 이길 방도를 찾아냈다는 의미였다.

다른 것은 몰라도 천마는 전쟁에 있어서 수단과 방법을 가리지 않았다.

이번에도 허를 찌르는 전략을 취할 것이 틀림없었다.

"저 능선만 넘으면 하남으로 넘어가는 길목이네!"

무명이 멀리 보이는 능선 하나를 철장 끝으로 가리키며 소리쳤다. 두 눈이 없는데도 방향을 잘 잡는 것을 보면 신기할 지경이다.

그런데 순간 그들이 예상하지 못한 사태가 일어났다.

'뭐지?'

북호투황이 눈살을 찌푸렸다.

쉬지 않고 진군하니 대지가 진동해서 미처 몰랐는데, 멀지 않은 곳에서 수많은 기운의 집단체가 그들을 향해서 진군해 오고 있었다.

"이보게."

북호투황의 부름에 무명이 손을 내밀어 알고 있다는 시늉을 했다.

눈이 보이지 않는 무명인 만큼 기를 감지하는 데 더욱 민감했다.

언제 나타났는지는 몰라도 수백에 이르는 범상치 않은 기운이 이곳을 향해 다가오고 있었다.

사파 연맹 대군이 능선을 넘기도 전에 그 위에서 수백에 이르는 인파가 모습을 드러냈다.

그 선두에는 아홉 명의 죽립을 쓰고 있는 존재들이 있었는데, 얼핏 보기에도 풍기는 기운이 범상치가 않았다.

"허어!"

무명의 입에서 허탈한 탄식이 흘러나왔다.

자신들이 판을 짰다고 생각했는데 그 경로를 저들이 막아서자 뭔가 일이 틀어졌음을 직감한 것이다.

"굉장한 놈들이로군."

북호투황이 능선 위에 서 있는 아홉 명의 죽립인을 바라보며 평했다.

죽립인들이 붉은 적의를 입고 있는 것만으로도 그들이 어디서 왔는지 짐작이 가능했다.

"놈들도 멍청이들은 아닌가 보네, 무명."

"허어, 노부도 예상하지 못했네. 아무래도 저들을 처리하지 않는다면 아무 의미가 없을 것 같네."

"저들을?"

멀리 능선 위에 보이는 수백 명의 인영은 하나같이 붉은 안광을 내뿜고 있었다.

그 광경에 호기로운 북호투황마저 소름이 끼칠 정도였다.

저 수많은 인원이 전부 금지된 의식으로 부활한 자들이라는 말이다.

지금으로써는 압도적인 병력으로 한 번에 몰아치는 것 외에는 방법이 없었다.

"전부 부활자들이네."

"노부도 알고 있네."

금지된 의식으로 부활한 자들에게서 느껴지는 특유의 사기(死氣)라는 것이 있다.

스스로 두 눈을 뽑고 어둠만이 있는 세계에 들어온 무명이었지만 그 어두운 세계 속에서도 붉게 타오르는 소름 끼치는 사기는 뚜렷하게 보였다.

'어찌 이런……'

그런데 이 능선 너머로도 헤아리기 힘든 죽음의 기운이 느껴졌다.

"그래도 수적으로는 우리가 압도적이니 한 번에 몰아붙이세."

아홉 죽립인을 비롯한 능선 위 부활자들의 기세가 심상치 않았지만 사파 연맹에도 전대 무림에서 활보하던 고수들이 많았기 때문에 그리 불리한 것도 아니었다.

북호투황의 의견에 무명이 아무 대답도 하지 않았다.

그의 알 수 없는 태도에 북호투황이 그를 이해할 수 없다는 듯이 바라보았는데, 무명의 얼굴을 두르고 있는 붕대가 식은 땀으로 젖어 있었다.

'대체 왜 그러는 거지?'

크르르르!

크와아아아아아!

그때 북호투황을 비롯한 사파 연맹 대군의 귓가로 수많은 짐승의 울부짖는 소리가 사방에서 울려 퍼졌다.

"이게 무슨 소리야?"

웅성웅성!

짐승이 울부짖는 소리에 선두에 자리하고 있는 사파 연맹의 일반 무사들의 얼굴로 불안감이 서렸다.

고작 수백 명에 불과하다고 느낀 붉은 안광의 부활자들이 전부가 아니었다.

그 능선의 뒤에는 수를 헤아리기 힘들 정도의 흉측한 얼굴을 하고 있는 강시 대군이 기다리고 있었다.

아무리 현경의 경지에 이르러 기를 읽어내는 데 탁월한 북호투황이라고 할지라도 죽은 시체라 불리는 강시들의 기운을 제대로 감지할 수 있을 리는 없었다.

능선을 타고 올라오는 흉측한 강시들이 직접 그 모습을 드러내고 나서야 사태의 심각성을 파악했다.

"저, 저 괴이한 놈들은 대체 뭔가?"

북호투황이 처음 보는 흉측한 강시들의 모습에 눈살을 찌푸리며 물었다.

"…강시네."

"강시?"

무명이 분하다는 목소리로 말했다.

외통수를 만들어냈다고 여겼는데, 오히려 저들의 함정에 빠져 버린 듯했다.

무명은 본능적으로 이 큰 그림이 누구에게서 나왔는지 짐작할 수 있었다.

'혈뇌! 혈뇌다! 역시 놈이 부활했구나!'

무명이 절치부심해 만들어낸 조호리산의 계책을 단숨에 알아채고 도리어 함정에 빠뜨릴 만한 악마의 지략을 가진 자는 오직 혈뇌뿐이었다.

최후의 일격을 노리던 이만 명에 이르는 사파 연맹의 대군은 강시들과 부활자들로 이뤄진 죽음의 군대와 맞닥뜨리고만 셈이다.

"역시 저자도 함께 왔군."

아홉 죽립인들 사이로 파란 가면을 쓰고 있는 존재가 보였다.

혈교를 지탱하는 삼혈로의 두 번째 서열인 이석이었다.

이석은 강시들로 인해서 두려움이 퍼져 나가 사기가 저하된 사파 연맹 대군을 흡족한 눈빛으로 훑어보더니 선두의 무명을 손가락으로 가리키며 소리쳤다.

"만박자 이놈! 두 눈도 없는 맹인 주제에 지긋지긋하게 본교의 대계를 방해하고 무사할 줄 알았더냐! 오늘로써 그 대가를 치르게 해주마!"

이석의 외침으로 인해 숨겨져 있던 무명의 정체가 드러나고 말았다.

그는 천 년 전, 정도 무림에서 가장 뛰어난 지략을 가진 군사이자 천기를 읽는 현인이라 불리던 만박자였다.

70장

함정上

혈교에는 뛰어난 무공의 고수들이 많았는데, 그들 중에서
가장 뛰어난 백팔 명의 무인을 뽑아서 대주로 삼았다.

그들이 이끄는 부대를 일컬어 백팔대(百八隊)라고 하였고,
그들을 통솔하는 무인들을 백팔 대주라고 하였다.

백팔 대주들은 천 년 전에도 전부 초절정에서 화경 초입으
로 구성될 만큼 뛰어난 무위를 자랑했지만, 부활한 지금 그들
은 누구 하나 할 것 없이 화경의 경지에 이르렀기에 더욱 무
서운 무력 집단이 되어 있었다.

그런 이들 중에서도 가장 뛰어난 여덟 고수를 통틀어 혈마

는 팔신장(八神將)이라는 칭호를 내렸다.

교마(嬌魔), 설금(舌金), 사검(私劍), 혈사(血死), 사평(砂平), 풍마(風魔), 천율(千率), 광혈(狂血) 대주들이 바로 팔신장이었다.

이들의 무위는 혈교 내에서도 수위를 다퉜기에 삼혈로조차도 방심할 수 없을 만한 강자들이었다.

또한 팔신장에서 최강이라 불리는 혈사 대주는 삼혈로의 실력마저 능가한다는 말이 있을 정도로 혈교 내에서 괴물이라 불리는 자였다.

"오랜만에 혈사 대주의 실력을 보겠군요."

백팔 대주는 부활한 이후로 몇 십 년 가까이 제대로 된 전투를 치르지 못했다.

그들 중에서 전투가 가장 기대되는 것은 단연 팔신장의 수장인 혈사 대주였다.

"성 내에서 전투가 벌어진 지도 벌써 반 시진가량 지났으니 이제 슬슬 양측의 희생도 보통이 아니겠군요."

지금 혈교의 부대들은 반 시진이 넘는 시간 동안 대기 중이었다.

이것은 혈뇌가 양측의 피해 규모가 확실해지면 한 번에 일망타진의 계를 실시하라고 명을 내렸기 때문이다.

성 내는 함성 소리를 비롯해 병장기가 부딪치는 소리로 가득했다.

설사 마교 측에 개파 조사인 천마가 있다고 해도 무림맹과의 전력 차가 심하기 때문에 절대로 이길 수 있는 싸움이 아니었다.

"기다리던 때가 되었군."

고오오오!

한참을 기다린 혈교 전사들의 사기는 이미 고조될 대로 고조되어 있었다. 기다리는 것이 좀이 쑤신지 온몸을 들썩였다.

그런 그들을 바라보며 붉은 가면을 쓰고 있는 일석이 전투의 시작을 알리기 위해 진격을 외치려 했다.

"오래 기다렸다. 드디어 혈겁의 때가 도래……."

콰앙!!

콰콰콰콰쾅!

그 순간 무림맹 내에서 거대한 폭발음이 들리며 이를 시작으로 연달아 폭발이 일어났다.

갑작스럽게 일어난 일에 놀란 일석이 경공을 펼쳐 장송의 꼭대기로 올라가 다시 한 번 뛰어올랐다.

"이게 대체 무슨……?"

무림맹의 성 곳곳에서 뭉게구름과도 같은 검고 뿌연 연기가 올라오고 있었다.

사방에서는 폭발과 함께 비명 소리가 아비규환처럼 울렸다.

폭발과 함께 퍼져 나가서 시야를 가리는 검은 연기를 보자

마자 일석의 머릿속으로 문득 무언가가 스쳐 지나갔다.

'설마 폭독?'

폭독(爆毒).

그것은 폭발하면서 연기와 함께 독성분이 퍼져 나가 광역으로 사람들을 중독시킨다.

다루기 힘든 독으로 오황 중에서 독으로는 중원 최고라 불리는 서독황의 도움으로 완성한 극독이다.

'마교에서 폭독을 썼단 말인가?'

광역 단위로 퍼지는 효과적인 독이었지만 강시들로 마교를 습격했을 당시 전혀 쓸모가 없었기 때문에 해약이 퍼져 나간 독은 필요가 없다고 하여 대계에서 제외되었다.

한데 정작 그런 폭독이 정마의 전쟁에 동원되었으니 놀랄 수밖에 없었다.

'천마 이놈은 정말!'

이 같은 짓을 벌일 만한 자는 오직 천마뿐이었다.

수적인 열세에도 불구하고 선공을 취한 것에는 전부 폭독이라는 비장의 수가 있었던 것이다.

전력 면에서 무림맹이 우위를 점할 거라 생각했지만 폭독이 성 내 전체로 퍼져 나간다면 예상과 달리 마교의 압승이 되고 만다.

탁!

마음이 다급해진 일석이 천근추를 써서 지상으로 빠르게 내려왔다.

심각해 보이는 일석에게 삼석이 물었다.

"일석, 방금 그 폭발은 뭐죠?"

"마교에서 아무래도 폭독을 쓴 것 같다."

"폭독이요?"

폭독이라는 말에 가면 틈새로 보이는 삼석의 눈에 황당함이 깃들었다.

그녀 역시도 지난번 실패로 인해 계획에서 열외가 된 폭독을 마교에서 쓰고 있다는 말에 놀라지 않을 수가 없었다.

그녀가 이빨을 갈면서 증오심이 가득한 목소리로 말했다.

"누구의 짓인지 잘 알겠군요. 이런 짓을 할 만한 자는……."

"오직 천마뿐이지."

"감히 본 교의 부산물을 빼앗다니! 역시 그 작자는 용서할 수 없어요! 이 전쟁에서 반드시 그자의 목을 따야겠어요!"

엄밀히 얘기하자면 폭독은 서독황의 작품이다.

절곡에서는 비록 부상을 입었지만 이번만큼은 천마를 없애야겠다는 살기로 가득한 삼석이다.

다행인 것은 이번 대계에 폭독을 사용하는 것이 제외되기는 했으나 혈교인들에게는 미리 지급된 해독약이 있다는 점이다.

혹시나 하는 상황에 대비하기 위해 준비한 해독약이 여기서 쓰일 줄은 몰랐다.

일석의 지휘를 들은 대주들은 수만에 이르는 각 대원들에게 해독약을 복용하도록 지시했다.

혈교의 모든 전사들이 해독약을 복용하자 드디어 진격이 시작되었다.

"천 년 만에 혈겁의 시간이 도래했다! 위대한 혈교의 피의 전사들이여, 숨 쉬는 그 어떠한 것도 살려두지 마라! 전부 베어 죽여라!"

"와아아아아아아!!"

전의를 끌어 올리는 일석의 외침과 함께 산을 가득 메운 혈교의 백팔부대가 함성과 함께 드디어 움직였다.

일석과 삼석을 필두로 팔신장과 백팔 대주들이 앞장서서 무림맹의 성으로 진격했다.

수만에 이르는 혈교인들이 동시에 움직이자 지진이라도 난 것처럼 산 전체가 진동하기 시작했다.

남문만 열려 있을 줄 알았는데 그들이 진격해 오는 서문 역시도 열려 있었다.

'이상하군.'

공성계를 진행했다면 마교에서 성 내로 진입하고 나서 각 방위의 입구를 전부 봉했어야 하건만 서문이 열려 있었다.

하지만 무림인에게 있어서 성벽은 그저 뛰어넘을 수 있는 장벽에 불과했기에 닫는 것은 큰 의미가 없을 수도 있었다.

"시야가?"

"상관없다! 진격하라!"

입구 쪽에도 폭발이 있었는지 검은 연기로 뿌옇게 물들어 시야가 확보되지 않았지만, 선두에서 진격하자 혈교의 전사들이 뒤를 따랐다.

'쿵쿵! 뭐지?'

선두를 따라서 진격하던 백팔 대주 중에 얼굴에 독특한 문신을 하고 있는 몽무 대주의 표정이 묘해졌다.

그는 서역에서 유성천상이라는 이름의 가짜 상단을 이끌고 서독황 구양경에게 접근한 남자였다.

하망초를 지급해서 구양경에게서 독의 제조법을 얻은 그였기에 수도 없이 많은 폭독을 실험한 전적이 있었다.

그런데 지금 눈앞을 가리는 뿌연 연기에서는 하망초를 태워서 나는 그런 냄새가 나지 않았다.

아무리 맡아도 이것은 단순히 화약에서 풍겨 나오는 냄새였다.

'뭔가 이상하다.'

이상한 낌새를 알아챈 몽무 대주가 선두에 있는 삼혈로들에게 이를 보고하려 했다.

그러나 입구 쪽을 자욱하게 메운 연기를 뚫고 지나가자마자 그들은 눈앞에서 펼쳐지는 예상치 못한 광경에 몽무 대주를 비롯한 백팔 대주들의 표정에 당혹감이 어렸다.

"아!"

한참 피를 튀기며 정파 무림인들과 마교의 교인들이 전쟁을 벌이고 있어야 할 성 내렸다.

그런데 놀랍게도 그 안에서는 피비린내가 나지 않았고, 입구 쪽을 향해 수만 명에 이르는 무사들이 그들을 둘러싸고 진을 치고 있었다.

'이게 대체 무슨 일이지?'

가장 선두에 서 있는 붉은 가면을 쓴 일석의 붉은 동공이 심하게 흔들렸다.

마치 기다렸다는 듯이 저들이 자신들을 향해 검을 겨누고 진을 치고 있는지 이해하기가 힘들었다.

더군다나 저들은 한 세력만이 아니었다.

"일석……."

"…저들이 우리를 속인 것인가!"

그들이 바라보는 좌측엔 마교의 이만 명에 육박하는 전력이, 우측엔 무림맹의 삼만 오천 명에 이르는 대규모의 무사들이 진을 치고 그들을 둘러싸고 있었다.

무림맹의 곳곳에서 피어오르는 연기는 비어 있는 연무장에 폭약을 터뜨려서 일어난 현상이었다.

'대체 안에서 들리던 그 소리는 뭐란 말이냐?'

일석과 삼석은 얼마나 황당했는지 말문이 막히고 말았다.

누구 하나 부상당하지 않은 채 성 내에서 소리만 지르고 병장기를 부딪치며 연기를 한 것이다.

설마 이런 식으로 계략을 꾸미리라고는 전혀 생각하지 못했다.

쿵!

그때 서문의 입구가 닫히며 그들의 퇴로가 막혔다.

성 안으로 진격해 온 사만 명에 이르는 혈교의 전사들이 전부 내부로 들어오기만을 기다리고 있다가 문을 닫은 것이다.

"하?"

기가 막힌 일석은 황당한 나머지 탄식을 내둘렀다.

무림맹이 마교를 상대하기 위해 공성계를 쓴 것이 아니라, 진정한 그 목적은 바로 혈교인 자신들이었던 것이다.

마교와 무림맹의 동맹이 파해지고 전쟁을 치른다는 정보는 확실했는데 어째서 이들이 사이좋게 나란히 진을 치고 있는 것인지 전혀 이해할 수 없었다.

'혈뇌의 계략이 틀어지다니! 하!'

사파 연맹의 배후에 숨어 있던 자들의 조호리산 계획마저 눈치채고 사전에 차단했는데 설마 이런 사태가 발생할 줄은 몰랐다.

한 번도 혈뇌의 계략이 이렇게까지 틀어진 적이 없었기에 일석을 비롯한 삼석은 당혹감을 감추지 못했다.

"허어, 설마 했는데 그대들의 말이 정말이었군."

"본 교주가 말하지 않았소, 맹주."

일석의 눈앞으로 정, 마의 양대 세력이 펼치고 있는 진 앞에 나란히 서 있는 무림맹주 북검황과 마교의 교주인 천극염이 보였다.

한 번도 혈교와 직접적인 접촉을 한 적이 없는 검황은 사만에 이르는 대규모의 혈교 전사들을 보며 놀라워했다.

그들의 선두에 서 있는 자들의 무위는 전율적일 만큼 강해 보였다.

이런 자들이 무림을 멸하기 위해 배후에 숨어서 음모를 꾸미고 무림을 위기로 몰아갔다는 점에서 용서할 수 없었다.

챙!

검황의 허리춤에 있던 창천검이 내력의 부름을 받아 그의 손으로 빨려들어 왔다.

검황이 일석과 삼석을 비롯한 혈교의 백팔 대주들을 향해 창천검의 검 끝을 겨누며 공력을 실어 웅후하게 외쳤다.

"뒤에서 흉악한 짓을 일삼고 음모를 꾸미는 혈교의 무리여! 본좌는 그대들의 수급으로 아미파의 현명 사태를 비롯해 숨을 거둔 정도 인사들의 넋을 기릴 것이다!"

"와아아아아아아아!"

무림맹 소속의 정도 무림인들이 목청이 찢어져라 함성을 내질렀다.

이에 질세라 마교주인 천극염이 천마검을 뽑아 하늘 높이 마기가 섞인 거대한 검강을 내뿜자 마교인들 역시 함성을 내질렀다.

"와아아아아아아아!"

"천마신교! 천천세!"

끝없이 오른 마교와 무림맹 무사들의 사기를 보며 일석의 눈매가 매서워졌다.

비록 완벽하다고 판단한 계책이 흐트러지긴 했지만 여전히 전력상으로는 자신들이 훨씬 압도하는 상황이다.

이렇게 된 이상 압도적인 무력으로 정마를 눌러야겠다고 여겼다.

"건방진 무림 놈들!"

함정에 빠졌다는 것에 노기가 치솟은 삼석의 몸에서 살기 가득한 한기가 뿜어져 나왔다.

삼석의 기세로 보아선 혈뇌의 계획이 틀어진 것과 상관없이 무림 멸절의 대계를 실행할 모양이다.

'그래도 혹시 모르니.'

무림맹과 마교가 이런 함정을 팠다는 것은 믿는 구석이 있기에 벌인 일일 것이다.

만일의 상황을 대비해서 퇴로를 뚫어놓아야 했다.

[전쟁이 시작되기 전에 사평 대주, 풍마 대주는 후방에 있는 부대들을 이끌고 퇴로를 확보하라.]

[충!]

일석의 명이 떨어지자 팔신장에 해당하는 두 대주가 조용히 선두에서 이탈해 후방으로 향했다.

『천마님, 부활하셨도다』 11권에 계속…

초대형 24시 만화방

신간 100%, 샤워실, 흡연실, 수면실(침대석), 커플석, 세탁기 완비

■ 시흥 정왕25시점 ■

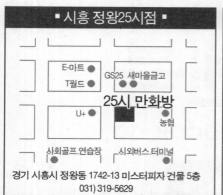

경기 시흥시 정왕동 1742-13 미스터피자 건물 5층
031) 319-5629

■ 강북 노원역점 ■

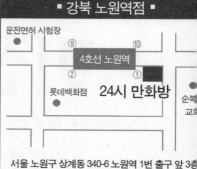

서울 노원구 상계동 340-6 노원역 1번 출구 앞 3층
02) 951-8324 (화용빌딩 3층)

■ 일산 정발산역점 ■

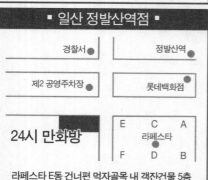

라페스타 E동 건너편 먹자골목 내 객잔건물 5층
031) 914-1957

■ 일산 화정역점 ■

경기도 고양시 덕양구 화정동 984번지 서일빌딩 7층
031) 979-4874 (서일사우나 건물 7층)

■ 부천 역곡역점 ■

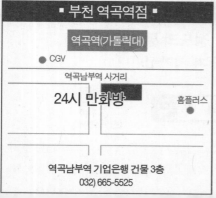

역곡남부역 기업은행 건물 3층
032) 665-5525

■ 부평역점 ■

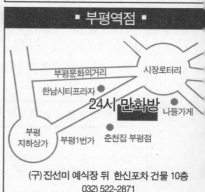

(구) 진선미 예식장 뒤 한신포차 건물 10층
032) 522-2871

신가 新무협 판타지 소설

FANTASTIC ORIENTAL HEROES

弘源 홍원

원치 않은 의뢰에 대한 거부권,
죽어 마땅한 자에 대한 의뢰만 취급하겠다는 신념.
은살림(隱殺林) 제일 살수, 살수명 죽림(竹林).
마지막 의뢰를 수행하던 중, 괴이한 꿈을 꾼다.

"마지막 의뢰에 이 무슨 재수 없는 꿈인가."

그리고 꿈은, 그의 삶을 송두리째 뒤바꾼다.
하나의 갈림길, 또 다른 선택.
그 선택이 낳는 무수한 갈림길……

**살수 죽림(竹林)이 아닌,
사람 장홍원의 몽환적인 여행이 시작된다!**

Book Publishing CHUNGEORAM

유행이 아닌 자유추구 —
WWW.chungeoram.com

전생부터 다시

FUSION FANTASTIC STORY

홍성은 장편소설

죽음으로 모든 걸 끝내고 싶지 않아
인간으로 환생하게 된 대마법사, 로렌 하트.

그러나 알 수 없는 괴물의 등장으로 인해 인류가 멸망해 버리고
홀로 살아남은 그는
고독과 외로움에 다시 한 번 더 환생을 결심하는데……

하지만 현생을 반복하는 것만으로는 의미가 없다.
시간을 되돌려 대마법사가 되기 전의 시절로 되돌아갈 것이다!

대마법사 로렌 하트, 전생부터 다시 시작한다!

Book Publishing CHUNGEORAM

유행이 아닌 자유추구 –
WWW.chungeoram.com

탑 레시피가 보여!

FUSION FANTASTIC STORY

레오퍼드 장편소설

잔혹한 음모에 휘말려 모든 걸 잃은
칼질의 고수, 요리사 강호검.
그의 앞에 두 가지 기적이 벌어졌으니!

"내 손… 하나도 안 떨잖아……"

**인생의 전성기로 되돌아온 그와
그의 앞에 나타난 기물(奇物), 요리사의 돌!**

"네가 최고의 요리사가 되는 것이
이 아버지의 꿈이란다."

**돌아가신 아버지와 자신의 꿈을 좇아
그가, 세계 최고의 자리로 향하기 시작한다.**

Book Publishing CHUNGEORAM